おとこの左手、薬指

女30、ロマンと現実、恋愛結婚

LiLy

男と女って、バカみたい。
くだらないことをキッカケに、
気が狂ったように突然、怒鳴り合う。
「あなたはどう思う?」って聞かれたから
「どっちも悪い。早く仲直りして」って答えたら
「男と女のことは当事者以外分からないから口を挟むな」だって。

オトナって、ふざけてる。
今日もふたりの事情に巻き込まれて
こっちはひとり、子供部屋で
まだ息ができないほど泣きじゃくっているってのに
となりの寝室から聞こえてくるの。
ケンカ直後の男と女が
愛し合いはじめる、オトナな声。

Prologue

いつだって、泣いている母を守りたい一心だった。
それなのに、母は父と、傷つけ合いながら愛し合う。
それが男と女なら、勝手にやってればいいわ。
どうせここは、私がたまたま生まれ落ちた家族。

「私の、男はどこ」

ちょうど20年前の冬、
当時30代の父と母は
離婚の危機を迎えていて、
NYは白い雪が降っていて、
私は10歳だった。

*

コドモ時代の怒りにも近い孤独は、
少女を、オトナの女へと急がせ、恋へと走らせる。

大丈夫。簡単よ。
小指の見えない赤い糸を、信じているから。
お互いにたぐり寄せれば、出会うべき時に出会えるわ。

なんてね。そんな風に思えたのは、
ひとつめの、永遠を信じた恋の終わりを見るまでだった。

「愛している」と言い合えた奇跡に
ひとつの強い縁を感じたのにね、
終わってしまえばどんなに真剣だった恋愛も
ただの〝運命ごっこ〟だったように思えてしまう。
そのことが何より、悲しいね。

だって、そんなんじゃ、なかったはずだから。

でも、そうやって永遠を願ってはめては外し、
過去に葬った左手、薬指サイズの指輪の数だけ
小指の赤い糸は、こんがらがって、
たぐり寄せるどころか、触れることさえ怖くなる。

だって、うっかり外れて、
なくなってしまいそうじゃない。

そんな恋愛の難しさを、時代のせいにしながらも、
本当は自分に問題があるからなんじゃないかって
思っているから、どんどん自信がなくなっていって

「私の、男はどこ」

10歳の時よりも
ずっと弱気な、自分の声。
家族から自立した私は
20代の不安定な寂しさの中で、
女友達と肩を寄せ合いながら、探していた。

それなのに、

男と女って、ウソみたい。
偶然の出会いをキッカケに、
運命にさらわれたみたいに突然、愛し合う。
「結婚するの。どう思う?」って聞いておいて
「大丈夫なの? なんか、続かなそう」って言われたら
「男と女のことは当事者以外分からないから口を挟むな」って

マジで思った。

味方に突然背を向ける、
そんなオトナの女には
死んでもなりたくないって思っていたのに、
まるで何かの、カルマのように
その時の私は、あの頃の私が憎んだ母に、そっくりだった。

ちょうど今から3年前の秋、
私は男と出会って4日で結婚した。
10歳の時から探していた男だと
直感で、静かに激しく、確信したからだ。

家族なんじゃないかってくらいに、
レズなんじゃないかってくらいに、

どっぷりと依存し合ってきた女同士の友情のかたちが
良くも悪くも、大きく、変化しはじめた頃でもあった。

またＴＯＫＹＯの秋は深まって、
もうすぐ私は、30歳になる。

生まれ落ちた家族と
自分でつくる家族のあいだ
さまよい続けた旅路の、最終章。

――おとこの左手、薬指。

Contents

Chapter 0. Addiction

依存体質

Chapter 1. Broken hearted
愛を失うということ

Chapter 2. We are standing on the crossroads.

すれ違いはじめる女たち

Chapter 5. Chain me with your Love.

独占欲

Chapter 0.

依存体質 *Addiction*

男がいなきゃ生きていけない。

そんな自分の弱さが、何よりも、嫌い。

DayQuil
COLD & FLU
LiquiCaps
CHAMPIX 1mg
CHX 1.0
Milk

恋愛妄想依存

Since 10 years old度★★★★★

たったひとりの男に心の底から愛されること。死ぬまでそのひとりと、とことん愛し合うこと。この世にある他の何よりそれが欲しくって、それ以下の愛のカタチじゃ満たされないって思っていた。バカみたいかな、でも、コドモの頃から、真剣に。

そのひとりと出会うことさえできれば、ひとりぼっちの孤独からは永遠に解放されるような気がしていた。だから早くオトナになりたい、女になりたい。まだ、生理すらきてないよって焦りながら、ホンモノの恋に落ちる、その瞬間を心待ちにしていた小学生時代。

そりゃ、幼稚園の頃から好きなコは常にいたけれど、こんなのって全然違うってどこか冷静に思っていた。まだ、なんにも始まっちゃいない。私の人生はホンモノの恋愛と共に幕開ける。あぁ、つまんない。早く、早く幕開けろ。

生理がきて、ブラジャーもつけた頃、生まれて初めて好きなコを想って泣いた夜があった。ラジオから流れてきたマドンナの曲を聴いていたら、恋のあまりの切なさに涙がでてきた！

自分の手で頬に触れ、そこが濡れていることを確認すると私はベッドから起き上がり、鏡の前に立って自分の泣き顔をうっとりと見つめながら、今までの恋との違いを噛み締めた。

10歳、私の初恋。

たぶんその夜、誕生した。

ナルシストでエゴイスト、寂しがり屋のひとり好き。趣味は、お気に入りの一曲を何度もリピート再生しながら心のど真ん中にいる恋の相手を想い、切なさに涙を流しながら日記を書くこと。——はい、それが私（笑）。

音楽も、小説も、漫画も、テレビドラマも映画もすべて、恋愛にまつわるものに夢中だった。中学受験の勉強をしているフリをしながら自分の部屋に閉じこもり、ラブソングを聴き、ラブストーリーを読み、頭の中で自分の恋愛を想像しまくっていた。その時好きなコを私の相手役にキャスティングし、理想のデートシーンからちょっと山あり谷ありな展開を経てハッピーエンドを迎えるオリジナルラブを妄想するのは、何より至福の時間で、キスシーンなんかは頭の中のイメージだけでは物足りず、時々絵に描いてみたりもした（恥）。

そんな感じで脳内色ボケのため勉強には身が入らなかったが、面接では「中学に入ったらやりたいこと？　紫式部の源氏物語に興味があります。古文を勉強し、原文で読んでみたいです」なぁんてほざいて志望校に無事合格。急遽、父をニューヨークに残し、母と弟と3人での一足早い帰国が決まった。

やった！　これでやっとオトナっぽい恋ができる！

オトナの同伴なしでコドモが外出することが許されないアメリカでは、万が一彼氏ができたとしても、ふたりだけでデートなんてできないのだ。それなのに日本では、小学生のカップルが原宿でデートを楽しんでいるというじゃないか。一刻も早く帰国しなくては！　だって、私もうすぐ中学生よ。ガキ扱いなんてもうたくさん……。あ、でも待って。地元の中学生たちがジャージーにヘルメットかぶって毎朝チャリンコ通学していた姿を思い出し、私は思いっきり首を横に振った。恋をするのにあんな格好マジでムリ。私立に行く！　それが、私の受験動機だった（――はい、ツッコミどころ、多数・笑）。でも私は本気《マジ》だった。

恋愛について、それも古文なんかでわざわざ読む気はサラサラなし。そんなヒマ、あるわけがないじゃない。私は、恋愛を読むんじゃなくて実際にするために、中学生になるんだから！

入学式、目が合ったセンパイと一発で恋に、なんて妄想しながら、その日にむけて、アメリカでしか買えない化粧品なんかを帰国前にせっせと買い集めていた頃、そんな私の野望を真っ正面から阻止するような一通の書類が学校から届いたのだった。

True Romance　女のロマン度★★★★★

「不純異性交遊禁止」。それがしたくてわざわざ受験までしたのに、は？（苦笑）「本校に通う中学、高校の6年間、男女交際を禁じる」という書類に承諾サインをしなくては入学できないらしい、と父が私に説明した。

中学のみならず高校まで⁉　ニューヨークのマセガキ小学生のバイブル『ビバリーヒルズ高校白書』で描かれていた高校生活とのギャップに倒れそうになった。

「冗談はやめて。高3って、18歳でしょう？　オトナじゃん！　それなのにまだ本人同士の意思でキスもしちゃいけないってこと？　そんなプライベートなことを学校側が禁じる権利なんてないはずよ」

私は取り乱した（笑）。

「青春が台無しじゃないっ！　私はそんなの絶っ対にムリ！！！」

叫んだ私に固まる、父（爆）。

まぁいいわ、ここでモメて入学できなくなっては何（恋）も始まらない。私はささっとサインした。こんなルール速攻破って、あなたたちからとっとと自立しちゃうんだから、と心に強く誓いながら。

メイベリンのマスカラに、カバーガールのお粉をはたいて臨んだ入学式。体育館にて、一瞬でオトナっぽい男のセンパイと恋に落ちる予定が一発で、ガキにしか見えない女のセンパイたちに目をつけられた（想定外①）。中1の教室を見渡すと、身長も私よりちっちゃいツルツルお肌のお坊ちゃんたち。成長レベルが、オトコってより男子ってより、まだ、赤ちゃん寄り……（想定外②）。

あぁ、しまった。私ってば、間違えた？　イケてる彼氏とアーバンなデート（原宿の竹下通りでクレープを一緒に食べたかった←当時の私の都会レベル・笑）を楽しむ中学生活を送る予定だったのに、ここは緑あふれる学園都市、つくばにあるすげぇマジメな進学校。髪は真っ黒、紺色ブレザー、白い靴下で全校生徒が統一された校舎の中のモノクロームな世界は、あぁなんだか全然好みじゃない（涙）。

もちろん、毎朝同じ電車に乗ってくるヒゲの生えた高校生に恋心を募らせてみたりもしたけれど、デートどころか目すら合わず（笑）。始まったばかりの私の中学（恋愛）生活は、こんなハズではまったくなかったのにものすっごく、残念なことにヒマだった（想定外総括）。

そんなわけで仕方なく、恋愛映画漬けの放課後を送っていた私はある夕方、運命的な出会いを果たす。

ピンクの豹柄スパッツに、超セクシーな胸の谷間を強調するターコイズブルーのブラトップ。同じターコイズ色のハート形のピアスが揺れる、毛先をクルッと巻いた短いブロンドヘア――私の生涯のミューズ、映画『Ｔｒｕｅ Ｒｏｍａｎｃｅ』のヒロイン、パトリシア・アークエット演じる〝アラバマ〟だ。

クリスチャン・スレーター扮するクラレンスと出会い、そのまま一夜を共にしたアラバマは屋根に座って泣きながらタバコを吸っている。心配して出てきたクラレンスに、アラバマは告白する。

昨夜の出会いは偶然ではなかった、と。「私はコールガールで、あなたの上司に頼まれて、あなたのバースデープレゼントとして偶然を装ってあなたと出会ったの」

「でも誤解しないで」、とアラバマは泣く。「あなたは私の3人目の客で、本当の私はアバズレなんかじゃない。惚れたら、ひとりのオトコに100％、尽くす女」「たったひとりのオトコに？」「そう。たったひとりに、100％。好きなオトコ以外には目もくれないわ」

もうひとつ告白しなきゃいけないことがあることをアラバマはクラレンスに告げる。「たった一夜で、それもコールガールって立場で、バカみたいだって思われるかもしれないけど」と前置きしてから、

「私、あなたを愛してる」

翌朝、ふたりは結婚し、それぞれのカラダにお互いの名前を彫って永遠を誓い合う。

コールガールから足を洗うと言うアラバマのために、ゲイリー・オールドマン扮するドレ

ッド金歯のポン引きの元にクラレンスはひとりで出向き、血だらけになって帰ってくる。

「殺してきた」

そう言ったクラレンスに、「殺したなんて……」「そんな……」と言葉を詰まらせるアラバマ。なんで泣くんだ、君が涙を流すほどの価値もないクソ野郎だったじゃないか、と怒るクラレンスにキスをして、アラバマは続ける。

「そんな、ロマンティックなことってない！」

クラレンスがアラバマの洋服だと思って持ち帰ってきたスーツケースの中身は、大量のコカインだった。それを売れば、一生暮らしていけるくらいの大金が手に入る。ふたりは取引のため、ＬＡへ。突然消えたコカインを追うマフィアはすぐにふたりの居場所を突き止めるが、今度はアラバマが、クラレンスのために血を流す。

「クラレンスはどこだ。ブツはどこだ」と大男に殴られ続けても、アラバマは絶対に口を割らない。どんなに愛していたって、そこまで痛めつけられれば喋ってしまいそうなものなのにアラバマは、もう立ち上がれないほどの状態で、血だらけで床に寝そべりながら大男に中指をおっ立てる。そして最後には、狂ったように泣きじゃくりながら、奪い取った銃を男に向けてブッ放つ!!

脚本はタランティーノ。あらすじだけ読めば、よくあるハリウッドのＢ級バイオレンス映画かもしれない。でも、暴力シーンが大の苦手で他の映画ではよく早送りしてしまう私なのに、血にまみれてゆくアラバマからは目を逸らすことができなかった。それどころか、もう死んでいる大男の上にアラバマが馬乗りになって銃で叩き続けるシーンは、見るたびに目から、熱い涙があふれてくる。

すごく、それはもう、ものすごく極端だけど、ブッ殺されてでもひとりの男を守ろうとする女の健気な一途さと、最終的には大男をブッ殺しちゃうくらいの愛の強さ。それに、憧れずにはいられない。

そして、この映画のラストシーンこそ、私の夢となった。これこそ私が求めている、恋愛の着地点。唯一で、真実で、永遠の愛。「You are so cool」とお互いに心底惚れ抜いている、アラバマとクラレンス。なんて、なんて、ロマンティックなの……。

ビデオテープが擦り切れるくらい何度も観て、映画のセリフを全部覚えてしまった頃、私に遂に、生まれて初めて彼氏ができた。14歳、中2の冬。相手は友達の文化祭で出会った他校の同じ年の男子で、当時流行っていた真ん中分けサラサラヘアに、左耳のピアス、「大丈夫？」を「だいじ？」と聞く茨城ヤンキー弁が、なんだかこなれた感じでクールに思えた（今となっては大苦笑）。とにかく背も私より高かったし、ちょっと不良っぽい分、自分の学校の男子よりオトナっぽく見えたのだ。

毎晩電話をかけ合えて、〝彼氏彼女〟とお互いを友人に紹介し合うことのできる、ずっと欲しかった〝名前のついた関係〟が手に入ったことに、私は舞い上がっていた。

グループ交際のようなカタチで、女子何人かで男子たちが集まる家に遊びにいった日曜日。私はマイバイブルとなった『True Romance』を持参した。〝彼氏〟と、同じ恋愛観を共有できるだろうか。胸が、ドキドキしていた。映画がはじまって、比較的すぐくるラブシーン。出会う運命にあった男と女が一瞬にして本能的に愛し合う、今後の展開にとってもとても大切で、なにより美しいシーンだ。私の〝彼氏〟は、アラバマとクラレンスについて、どう思うだろうか。暗くした部屋の中、私は膝を抱えて息を呑む。


「ひょえ〜！　AVじゃんこれ！（爆）」

〝彼氏〟が噴いた。

「こいつAV持ってきてるし！　マジでうける！（爆）」

〝彼氏〟の男友達が、私という存在に噴いた。

「…………」

お話に、ならなかった。私は顔を真っ赤にしながらビデオを止めた（想定外すぎてマジ号泣）。


もう生理もきたしブラもしてるし彼氏もできた。それでも、私が求めるMy True

Ｒｏｍａｎｃｅと出会えるまでの道のりはまだまだ遥かに遠いのだと、この時心底ガッカリしながらハッキリと、中２ＬｉＬｙは悟ったのであった。

恋愛体質

その〝スイッチ〟はすべての女についている度★★★★★

結局、その〝彼氏〟とはキスもせずにすぐ終わった。振られたのは私で、理由はとってもシンプル。「好きか分かんない」からだって。「…………」と思いながらも、そりゃそれなりに傷ついて、失恋の痛みに酔いながら日記を書いたりはしたものの、正直なところ私もあれが恋だったのかは分かんなかった。今思うと、うん、あんなの全然違う。

――恋に恋して、わざとした恋。私はそれからも、そんな風に恋とも呼べない恋をいくつもいくつも繰り返した。

愛を求める気持ちが
強くなればなるほど、
目の前の恋に飢えた。

通学途中に見つけた他校生とか、同じ学年のイケてるグループの男子とか、廊下で見かけたセンパイとか、狭い行動範囲の中でもとにかく必死に、自分の恋愛欲求をぶつける対象をほじくりだしては、好きかもとか電話しちゃおとかラブレター渡しちゃおとか、ひとりで勝手に騒いで燃えては振られて冷めてを繰り返す。美術部に入って放課後は油絵を描きながら、同じような恋愛妄想仲間たちと、今の恋と理想の愛についていつも語っていた。

体も心もヒマすぎて色んなモンを持て余しまくりがちな思春期の、非行防止のために部活動はあるというが、私にとってそれはそれだった。恋という名のヒマ潰し（両思いになって盛り上がればそれがそのまま非行に繋がったのかもしれないが、なかなかそうならなかったため、とても健全な活動だった・笑）。そんなんじゃもちろん、心は満たされない。でもだからこそ尚更、スキマなんてつくれなかった。〝好きなヒト〟が途切れると、誰かを好きになりたい、誰かに好かれたい、誰かとつき合いたい、あわよくばキスとかしたい、という大きな欲求を完全に持て余してしまって、胸がソワソワしはじめた。〝好きなヒトがいる〟状態に慣れすぎて、わざとでもなんでもとにかく〝恋〟をしていないと、何故か、もうどうしようもないくらいの不安に襲われた。

ホンモノの恋ってものを
知るずっと前から、もう

とっくに恋愛中毒だった。

「そんなリリと私は、タイプの違う女なんだってずっと思ってた」と言うのは、当時からの美術部仲間F（29）。彼女とは「NHKでやってる『中学生日記』って、観たことある？　あの中に出てくる家庭の様子ってフツウなの？　リリんちはあんな感じ？　うちはもっと激しい。昨日なんてお兄ちゃんが灰皿でお姉ちゃん殴ろうとして大変だったんだ」「そんなもんだよ。うちだって超スゴい」「そっか良かった」「どんなにリアルっぽく描いていたって所詮はテレビなんだね。うちだけヘンなのかと思ったけど、そっか、なんか安心した」という放課後の会話で一気に距離が縮まった仲なのだ。

そんなFは私に言った。

「あの頃、私も同じように家族に不満はあったたし、早く大人になりたいとも思ってたけど、それがそのまんま恋愛欲となって私を恋に突っ走らせるっていうことにはならなかった。好きなヒトがいない状態の方が私にとってはフツウだったたし、高校卒業してからも彼氏はずっといなかったから、中学時代の恋愛中毒から、大人になってオトコ依存に進化したリリに、〝オトコがいないと死んじゃう〟みたいに言われてもピンとこないっていうか、むしろ〝オトコいなくても生きてる私は、じゃあ、どうなるの〟っていうかさ（苦笑）」

一方、『中学生日記』よりも問題の少ないピースな家庭環境で育った、当時からの女友達R

（29）もこう言った。

「リリはあの頃から人一倍〝寂しいー!!〟ってなってたけど、私はそういう風に思ったことがなくて、むしろ恋とかの方が感情に波を立てられるからわずらわしいって思ってた。親に婚期を逃すって心配されながらも、ハタチを過ぎてからもずっと実家暮らしで毎日それなりに満たされちゃってた私だもん。オトコがいないとキィィ!!ってなっちゃうヒトは、生まれつき恋愛体質なんだと思うよ」

確かに周りの女友達を見ると、ざっくりと2つのタイプに分けられる。恋を自らの手でねつ造してしまうほどに恋愛中毒なラテンパッション派と、寂しいからってわざと恋に落ちるなんてアホなことはしない、常に冷静なクールビューティ派。それぞれは、もともと体質自体が違うのかもしれないって思っていた（詳しくは『タバコ片手におとこのはなし』参照）。

でも、どうやらそうじゃないみたいなのだ。恋愛中毒に陥ってしまうスイッチはすべての女についていて、それが押されているか否かという〝状態の差〟があるだけみたい。私がそう思ったのはほかでもない。20年間恋愛に対してクールな姿勢を保ち続けてきたFとRが、ひとつの大恋愛の終わりをきっかけに、ものすごい勢いでこっち側に、転がり落ちてきたからだ。

「一度、オトコと恋愛している状態がフツウになってしまったら、いないことに耐えられなくなった」「自分でも認めたくないくらい、自分って弱くって、けっこうショックだった」「わざと恋に落ちるなんて超サムいって思ってたけど、その時はすがるような気持ちで次の恋を必死になって探しちゃうものなんだね。とにかく失恋の傷をオトコなしでは癒せない、お願い助けてって感じで。なんか情けなくって、そんな自分に泣けてきた」と、彼女たちがこれまで私についてどう思っていたのかがよく分かるコメントを寄せてくれた（苦笑）。

また、かれこれ20年以上、私と同じような恋愛バカを貫き通してきた女友達U（33）は、ひとつの大恋愛の終わりをきっかけに、正反対の現象も起こり得るという事実をこう証言する。

「10代からずぅっと入りっぱなしだった〝スイッチ〟が、パチンとオフになったのよ。20代の大半を捧げた、真剣につき合っていたオトコに突然振られたショックで。もうね、他のオトコとの恋で傷を癒そうなんて気にもなれなかった。ちょっと鬱っぽくなっちゃったんだよね。仕事以外は家からも出られなくなってさ。もう、1年くらい、毎晩のように泣いていた。でも、これは本当にすごいなって実体験を通して思ったんだけど、人間ってけっこう強いんだよ。孤独に泣いて病んでいたはずなのに、いつの間にか今度は、ひとりでいることに慣れ始めたの。数年後には、全然平気になっちゃってた！　それ以来、今までチョー簡単にすーぐ勘違いして恋に落ちてた私がまるで別人になったかのように、恋の落ち方なんて、もう完全に忘れちゃったんだよね」

なるほど。オンのスイッチがあるのなら必ず、オフのスイッチもあるってわけだ。そして、そのスイッチを切り替えるキッカケとなるのはほかでもない、ホンモノの恋なのだ。

手づくりした偽恋にひとりで踊っていても、恋とは遠いところに身を置いていても、実はどちらもまったく同じこと。どっちの状態にいたって自分は何も変わらないから、恋をしていることに慣れたり、していないことに慣れたりしながら同じような状態がしばらく続く。

自分の中の何かが変わってしまうような、ガツンとやられてしまうような恋なんて、どんな体質だろうと関係なく、人生にそう何度も起こらない。だからこそ、それをなにより強く欲するし、それを失った時の喪失感は、それを得た時の幸福感すら上回る。

恋のリスク回避と依存の分散

マスト度★★★★★

精神的に、男がいないと生きていけない自分が、大嫌い。

経済的には、男がいなくっても生きていけるようになろう。

私がそう決心したのは、永遠を信じた恋が終わりをみた、18の夏だった。これまでしてきた〝恋に恋してわざと落ちてみた恋〟とは明らかに違う、自分の意思とは関係なくある日突然ストンッと落っこちてしまったような、恋だった。だから初めてセックスをしたのか、したからその恋が余計に特別なものになったのか……。たぶん、両方だった。

私にとって初めての、大恋愛で大失恋。

私の恋愛のミューズは元コールガールのアラバマだけど、私の一番のライバルは、高校生の時に出会い初めてキスをした相手（父）との恋をいつまでも現役モードで続ける母なので、初めてセックスをした彼に対する私の執着はハンパなかった（怖いでしょ・笑）。でも、本当に、大好きなオトコとの初体験は幸せすぎて涙がでたし、このままずっと一緒にいられたらいいのにって、心から願わずにはいられなかった。

その恋は、東京とフロリダ（私の留学先）という距離をまたいで1年かけてこじれにこじれ、最後にはとてもあっけなく散ってしまった。とても簡単に言うと、振られちゃったのだ。彼は、私ではなく他の女の人を選んだ（後に、その人と結婚した）。

涙なんてもう涸れるってくらいに泣いて、泣いて、泣いて、自分の中ではその失恋を受け止めたはずなのに、数ヵ月が経ってもまだ、電車で幸せそうなカップルを見た、それだけで、目からボロボロと涙が流れてきてしまうほど、私は弱ってしまった。彼を失ったこともそうだけど、自分の中で信じていた〝絶対〟があっけなく崩れてしまった事実に、私はほとんど絶望していた。

ホンモノの恋と、運命のオトコと、出会うことさえできれば、ハッピーエンドが待っているってずっと信じてきたのに。今回は、恋が終わって振り返ってみてもまだ、〝本当に好きだった〟〝本当は今でも好きだ〟って思えるくらい、とても真剣な恋だったのに。それなのに、永遠を誓い合う未来が待っていたどころか私はひとり、10歳のあの夜に、逆戻り。

「彼じゃなかったのなら、
じゃあ、私の男は、どこにいるの」

途方に暮れた。18にして、私はもう疲れ果てた。ホンモノの恋といっても、より冷静に分析すれば、小学生時代からの恋愛妄想に育てられた巨大な恋愛欲が、初めてセックスしたオトコ相手に大爆発したみたいな恋だった。本気で、落っこちずにはいられない恋だった。ある日勝手にそこに落ちたのは私だけど、途中からはふたりの手で、より深くより深くと掘っていった穴の底辺に、気づけば私だけがひとりで取り残されていた。

なんてキケンなんだろう、と私は恐れおののいた。大好きな彼と、孤独から一番遠いところに一緒にいけるんじゃないかって期待していたのに、恋の終わりに辿りついたこの場所ほどに寂しいところを、私は知らなかった。これはヤバいって思った。〝運命のオトコとの幸せな結婚〟という他力本願な夢を、それだけを、人生をかけて全力で追いかけることのリスクは、ハンパなもんじゃないって思い知った。

恋愛って、想像していた以上にシビアなもんで、それに人生のしあわせすべてを賭けるなんて、ハイリスクすぎるギャンブルだ。オトコひとりの手に私のしあわせがかかってるなんて、なにそれ、そんなのマジで無理！　そう思った瞬間、私はキレた。失恋後、悲しみの次にやってくるネクストステージ、怒りが私の中で大爆発。もう、逆ギレだ！

彼は私より6歳年上で、彼の新しい彼女は彼の1コ上。7年後、その女の100倍キレイになるのはもちろんのこと、6年後、彼の10倍は稼いでやる！

「……えっ⁉　そこ？　なんか違くない？」と、呆気にとられる女友達のつぶやきも耳に入らないくらい、私はひとりで炎上していた（笑）。

男は私を裏切るし、私も男を裏切るが、私は自分を裏切らない。やっぱ、これだ！　自己実現！　夢をかなえて、かなえた夢で食っていく！　もちろん、こんな失恋を過去形で、いつか笑って話せるくらいの大恋愛だって引き続き求めてく。でも、なんの保証もない〝男との恋愛〟に全しあわせを賭けるようなバカでかいリスクの回避と、今回改めて思い知った私のアホみたいな恋愛依存体質に必要な依存の分散という解決策が必要で、それは〝仕事〟にあると確信した。

だって、経済的自立は私を孤独から救いはしないが、経済的自立こそ、私を自由にしてくれる。家を出られるし、自分が稼いだ金を自分の責任で使う分には親はもうなにも言えないのだ。それこそ、私が夢みるオトナの姿。

極端なはなし、自分が金を持っていれば、相手の経済力うんぬんに関係なく、心底惚れた男と結婚だってできるしね。愛さえあれば貧乏でもいいとはまったく思えないタイプだし、私の人生の脚本家はタランティーノじゃないんだから、コカイン売りさばいて銃撃戦に生き残って大金ゲットなハッピーエンドにはなり得ない。好きな仕事で稼げるように、なるしかない！

これからの自分のがんばり次第で、私はなんだってできる！　失恋の絶望が解け、未来への希望に胸がいっぱいになった瞬間、遂に、失恋の涙が乾き切った（笑）。っしゃ!!　まずは、彼がいってた大学よりずっと偏差値の高い大学の合格通知を手に入れる！　なめんなよ！

——それが、男に愛されたくて、でも願っていたようには愛されなくて、そんな自分自身に失望していた私が見つけた、最初の目標だった。そこから、私はどんどん男らしくなり、男に愛されにくい女へと、猛スピードで成長してゆくのだった（笑、えない）。

大志を抱く女たち

男のロマン度★★★★★

――あの失恋から10年。夏が近づいてきた、ある夜のこと。

私は女友達A（28）とお互いの野望について語り合っていた。待ち合わせした六本木TSUTAYAで買い込んだ本や写真集が入った重たいバッグを左手に、ヒンヤリと冷たいスタバのアイスカフェラテを右手に、けやき坂通りをゆっくりとのぼりながら。

「あぁ！　ここに住めるようなオトナになりたい！　それも、自力で、住んでやりたい！」

ゴージャスにそびえ立つ六本木ヒルズレジデンスを見上げながら、Aが吠えた。私はカフェラテをストローで啜ってから、IT業界でのキャリア絶好調なAを見つめて言う。

「分かる。ヒルズに住みたいっていうより、それが象徴する〝成功〟でしょ、欲しいのは。成金になりたいってより、欲しいものを自分の力で手に入れる〝オトナ〟でしょ、なりたいのは。ここに住んでる同年代の女友達は何人かいるけど、家賃を全額自分で払って住んでる子はまだいない。その1人目になってよ、ハニー。そしたらあんた、かっこよすぎ♡」

「えー、頑張っちゃおっかな〜！」とベージュの口紅がよく似合うぽってり唇から白い歯をニッと出して笑ってから、Aは「でも……」と続けて、ため息を吐いた。

「そんなんしたらますます男が、後ずさり（笑）。最近の私って、起きたらまず新聞広げて経済面チェックしながらコーヒーだよ。独身の女ってより、扶養家族がいる〝お父さん〟みたいでしょ（苦笑）。で、そんな〝お父さん〟な私は来月からロンドンに海外転勤だもん。リリこそ自力でここ住んでよ！」

ストローについちゃったピンクベージュのリップグロスを親指でこすりながら、私は首を振った。

「いや～、もし私が理系の天才ならザッカーバーグ（Ｆａｃｅｂｏｏｋ創設者）、ビジネスウーマンとして経済という名のマネーゲームに参加してる感じだったらミカジョン（ＰｅａｃｈＪｏｈｎ創業者）目指すけど、私の仕事はちょっと種類が違うじゃない？　ま、もちろんプロとしてやってる以上金はしっかり稼ぎたいけど、金持ち目指して作家になるひとってまずいないし、いたとしたらその選択は間違ってるもん（笑）。

それに、私が欲しいのはモダンでクールな高級マンションよりも、ちょっとレトロな中古の低層マンション。古くて広いやつ買って自分好みにリフォームして、ごちゃごちゃしたあったかい感じの部屋で暮らしたいんだよね～」

「あ～リリっぽい、リリっぽい」とＡは笑いながら、「不動産って好みが出まくるよね～。そのひとが出るっていうかさ。私はね、ヒルズもいいけどやっぱりでっかい一軒家が欲しいの。庭で、大きい犬を飼って……」と夢を語るので、「マジでお父さんだわ、あんたって」と私は爆笑。

「しっかし夢膨らむよねぇ、仕事頑張ろうって思うよねぇ、不動産のハナシってマジ最高‼」

なんつってテンションアガりまくりながら坂をのぼり切り、グランドハイアットを右に曲がった頃、私たちは何故かふと、同時に「…………」と落ち込んだ。

「……ねぇ」と、さっきの大声からは想像もつかないような小声で、Aが伏し目がちにつぶやいた。

「これって、ガールズトークってよりメンズトークじゃない？　語ってるのって、〝女のロマンス〟じゃなくて〝男のロマン〟じゃない？（汗）」

「……あ、それ、言っちゃった？」と私も苦笑。

「ねぇ、うちらより〝男らしい男〟って、同世代でいるの？　会ったことないんだけど、マジで」と愚痴りはじめたAの目は、何故か今度は、キレていた（笑）。

「いや、少数だけど、いるっちゃいるでしょ」と私は言う。

「でも、合わないんだ、これが。お互い、野心炸裂肉食同士、バチバチに火花散っちゃうの。この前対談した時に写真家の蜷川実花さんが言ってたんだ。〝うちら、赤レンジャーじゃん？〟って。〝赤レンジャーな男とは、残念ながら合わないんだよねぇ〟って」

「なにそれ、どういうこと？」

「ほら、子供の頃に観てた〝なんとか戦隊なんとかレンジャー〟ってあったじゃん。私、大好きで、5歳の夏の写真はすべて、お祭りでゲットしたシャイダーのお面かぶって強そうなポーズ決めて写ってる（笑）」

「男児じゃん（笑）」

「そう。で、常に弟を脇に従えてた（笑）。そんな筋金入りの〝赤レン女〟はさぁ、常にセンターでヒーロー決めようとしてる〝赤レン男〟を見ると、〝守ってほしい♡　ついていきたい♡〟って思うどころか、自分を見ているみたいでイライラしちゃうの。〝なに男のくせに自分が目立とうとしてんの。女に花道を譲ってそれを遠目で微笑ましく見つめているくらいの器のでかさに、男の余裕と色気を感じるんですけど〟みたいな」

「それ、〝女は三歩下がって〟論と同じじゃん」

「まさにそうだよ。だから分かるの。その価値観を作りあげてそれを日本に広めたの、絶対に〝赤レン男〟だって。発想が同じだもんね。そいつのこと、私、大嫌い（笑）」

「そいつらもリリのこと大嫌いだろうね。あ、〝赤レン〟同士ってそういうことか、なるほどね。ま、そういう私も子供の頃から〝赤〟を見ると、なにこいつカッコつけてんのバッカみたいって思ってた。で、〝黄色レンジャー〟が好きだった。おもしろくってキュートって」

「あぁ、ヒョウキンタイプの〝黄色レン〟ね。私はヒョウキンな男ムリなの。話がおもしろい男は好きだけど、ヒョウキンさって色気と反比例しない？」

「ってか、ヒョウキンって言葉、久々に聞いたんだけど（笑）。しかも、リリってヒョウキンなとこ、すごくあるよね」

「……そうなの（苦笑）。だから自分みたいな男はものすごく好みじゃないんだってば。やっぱ〝青レン〟でしょ♡　物静かでセクシーなイケメン♡　あー、男のタイプ、お互い子供の頃から変わってないねー！　アハハッ！」なんて、いつものように自分たちのことは棚にあげて男についてあーだこーだと盛り上がったのも束の間、

「で、男たちが好きなのは……」

というAの振りに、私たちは目を合わせ、声を揃えた。

「〝ピンクレン〟」

はぁ、と大きなため息をついて、私はAに聞いてみた。

「常に向上心があるのはいいことでも、その裏にある尽きぬ欲望みたいなものって、本当は褒められたもんじゃないのかなってたまに思わない？　だって、たとえば〝ピンクレン〟は、結婚したらレンジャーを卒業してただの〝ピンク〟になるという選択肢を持っていると思う。仕事で成功するという花道は〝赤レン男〟に譲り、家の中で家事と子育てをしっかりとこなし、そんな日々の生活の中に何よりのしあわせを見いだすことができるかもしれない。そんな〝ピンク〟の存在に〝赤レン〟は支えられるし、なによりも男として、救われる」

「あ、うん。それはすごく分かる。自分の女が社会的に自分よりも弱い立場でいてくれることは、多くの男にとって、それはもうとてもストレート＆シンプルに〝男としての自信〟に

繋がるんだよね。男らしい自分でいられることが、男を満たす。逆を言えば、自分の女が社会で自分以上の成功を収めるって、男としてはミジメな気持ちになるってこと。もちろん、そうはならない男も沢山いるはずだって信じたいけど、でも、向上心どころか働く気もないヒモ体質な男でない限り、というか人並みにきちんと男気がある男なら、やっぱりなにか感じてしまうところは絶対にあるはず……」

「だよね。実際に、こういう私の男らしい野心は、恋人を焦らせてしまう。こんな男のロマンを語るメンズトーク、えげつない女の本音を語るガールズトークなんかよりもっと彼には聞かせられないし、なんか、自分の成功したい欲に罪悪感さえ感じちゃう。そんなの感じたくないのに、もっと堂々と、向上心のある自分を誇りに思っていたのに、時々すごく感じちゃう……」

そして私は遂に、大志を抱く女が一番口にしてはいけない台詞をポロッとこぼしてしまった。

「いっそ、男に生まれればよかったかな……」

Aが黙って右手をあげて止めたタクシーに、私も無言で乗り込んだ。「まだ帰んないでしよ？　どこいこっか？」「どこでもいいよ。まだ10時じゃん。あ、最近、南青山にできたバーいってみない？　地下がラウンジになってて踊れるんだって」「ＯＫ。いこいこ」

〝赤レン〟な女ふたり、狭いタクシーの中で肩を寄せ合い、東京の夜を自由に泳ぐ。

社会を生きるひとりのオトナとしての自信が増せば増すほど、男に愛されるオンナとしての自信が年々減ってゆく。そんなジレンマを与えてくるこの社会に、この風潮に、そんなんを作り上げている弱っちい男たちに、怒りながらも最後には、ため息ばかりがこぼれてしまう。〝ピンク〟になれない女たちは、仕事の現場だけでなく、プライベートな恋愛においても常にこういうジレンマチックな見えない敵と戦い続けなきゃならないのだ。

Ａと私は、それぞれの窓から後ろにビュンビュン流れてゆく街の光を見つめていた。南青山につくまでふたりともずっと黙っていたけれど、Ａも同じようなことを考えているんだろうなって思っていた。私たちが頭の中でぼんやりと、でも切実な思いで考えていたのは、さっき盛り上がった不動産の話でも、今後の自分のキャリアに対する野望でもなく、数ある欲望の中でも最も繊細な場所にずっと位置するひとつの願いごと。

ひとりの男に心の底から愛されるような女になりたい。

それなのにどうして、自分がなりたい自分になろうと頑張れば頑張るほど、男に愛されにくくなるのだろう。

仕事と女

男にだけは負けたくない!度★★☆☆☆（※個人的には★5）

「でも、だからって仕事をやめようとは、微塵も思わないよね」と言うのは売れっ子スタイリストのG（30）で、「そりゃそうだよ。だって現実問題、仕事やめちゃったらどうやって明日から食ってくのよ。どうせ生活費稼ぐために毎日仕事しなきゃいけないなら、自分が興味のある分野で、理想的なポジションで働きたい。だからそのためには、そりゃ頑張るっしょ」と化粧品会社のマーケティング部にいるD（29）が言う。

「ただ、私の場合はとにかく時間が不規則で、平日に深夜過ぎるのも週末に出張も当たり前。キャリアそのものってよりも、この仕事の鬼のような忙しさに男は引く」と愚痴るのは、レコード会社の制作部にいるR（28）。

「まぁ、確かに。〝カレが仕事忙しくて遊んでくれないよぉ！〟ってのは女を寂しくはさせるけどミジメにゃしない。でも、〝カノジョのほうが仕事忙しくて遊んでもらえないオレ〟ってのは男を多少なりともミジメにする（笑）」

と私が言うと、「なに嬉しそうに笑ってんの?」と全員に突っ込まれた。

「あっ、バレた?」。そう、私はこういう話題の時、ついニヤけてしまうことがある。仕事に燃えれば燃えるほど、男に愛されにくい自分になってしまうこの現状には切実に悩んでいる。

が、男が引くくらいの勢いで仕事をする女たちの存在が、実は嬉しくってたまらないのだ。

だって、やっとなんだもん。女が、こんな風に男と肩を並べて社会で働けるようになったのって。もちろん今も、フェアじゃないことは多い。でも、私たちの母世代、祖母世代とは、時代の空気がまるで違う。

たとえば、母がよくする昔（の恨み）話のひとつにこんなのがある。頭がキレる母は当然勉強もよくできたので、高2の時に担任から「何故東大を受験しようと思わないのか」ととても不思議に思われたらしい。そのことをちょっと祖母に伝えたら、ビックリするほど反対されたそうだ。

〝女が東大なんかにいったら男にモテなくなる。あなたが嫁にいけずにずっと家にいたら困る！　実家住まいの義姉（小姑）の存在が問題になって、あんたの弟にお嫁さんがこなくなるかもしれない。我が家にとって大事なのは、長女のあなたじゃなくて長男だって分かるでしょ！　東大なんていかずにとっとと嫁にいってちょうだい！〟と。

ものすっごく悔しかったし悲しかった。女だというだけで、家に必要とされていないなんてあまりにもひどいと思ったと、それから40年近く経った今も、母は目に涙をためながら私に語る。「母も、嫁ぎ先の家の中で、嫁としての使命をまっとうすることに必死だったんだって今なら分かるのだけど……」と、祖母のことをかばうように続ける母に、「おばあちゃんも、お母さんや私と同じ、女なのに……。おばあちゃんにそう言わせたのは間違いなく、当時の社会なんだよね。おばあちゃんは、戦争を経験した世代。私が今生きている時代とは、何もかもが違うよね」と私が言ってふたりで深く頷くのだ。そして、ふたりの胸に再び込み上げる、怒り……。

これまでこの社会は、ううん世界は、どんだけ女を虐げてきたんだ。許せない！

お気づきだろうか。私の場合、キャリアがあるから男が引く、ってことじゃない。男にだけは負けたくないと、心の底から思っている（炎）。

もちろん、男と女、勝ち負けなんかじゃないのは分かっている。でも、もし私が女だからって下に見ている男がいたとしたら、是非コンペでもして負かしてギャフンと言わしてやりたいと思うし、むしろ常にそういうバトルチャンスは狙っている（笑）。そして、そういうキレッキレな闘争心は、仕事の現場だけに留まらず、私の態度から常にだだ漏れしているため、そりゃあ男は引いてゆく（笑、えない）。

でも、これはもう改めようがない。私ごときに、ぬぐい去れる思いじゃない。祖母から母へ、母から私へ、受け継がれてきた女の歴史というものがあるからだ。〝妻〟より〝母〟より〝嫁〟としての立場を優先せざるを得ない状況の中で、その役割を果たすことにベストを尽くした祖母と、本当は誰よりもキャリアに憧れていたし、すごく向いてもいたのに〝妻〟と〝母〟として裏方にまわり、他の家族が社会で活躍できるよう、今も全力を注ぎ続ける母。

ふたりほど、私がひとりの〝女〟として社会でバリバリ働いていることを喜び、誇りに思ってくれている人たちはいなくて、そのふたりの気持ちを思うだけで、目に涙がにじむのだ。世の中の経済活動から閉ざされ、家に閉じ込められてきた女たちの寂しさって、恋愛における孤独にも似ていると思う。根本にあるのは、受け入れられたいって気持ちだから。私だって男たちと同じように、社会に出て自分が受け入れられるかどうか試してみたいって、働きたいって、自由になりたいって、家の中で男と子供達の世話に追われていた女たちが思わなかったわけがない。

やってやる！　今まで女たちが抱いてきた死ぬほど悔しい気持ち、そんな状況をなんとか変えようと社会と戦ってきてくれた女たちの強い意志、絶対に無駄にしたりしないから。何ひとつ、あきらめないよ！　昔も今も、男たちは当たり前のように、仕事をすることと子供を持つことを両立させているじゃない。男と女じゃ役割が違うだなんてたわごと、言い始めたのは男でしょう。それは違うって、証明してやるんだから！

てめぇら（見えない敵）見てろよ！

仕事依存

意識している以上にどっぷり度★★★★☆

　一方、〝男には勝ちたくない〟という女友達も多い。というかむしろ、私みたいにいちいち男にキレている女のほうが明らかに少数派だ（寂）。

「やっぱりね、男には常に自分より上にいてもらったほうがね、関係がスムーズにいくんだよ」と言うのは専業主婦のC（27）で、彼女は私が18の時に、振られた男よりいい大学に入ると宣言した時も、目を丸くして反対した。「やめときなって！　結婚相手の範囲が狭くなっちゃうかもよ？　私は短大にしとく♡」と。〝おまえはわたしのばーちゃんか〟と突っ込みたかったが、自分みたいな女の〝生きにくさ〟を誰より痛感している私だからこそ、Cみたいな女の〝賢さ〟には一目置いている。

　というのもCは、「私はどう考えても仕事に向いているタイプじゃない。でも料理はもはや趣味だし掃除はチョー得意。子供も大好き。キャリアウーマンにはなれなくても、いい奥さんになれる自信は、かなりある」と10代早々から自分のタイプと自分が求めているものをハッキリと定め、当時からの作戦（？）通り、短大卒業後、半年だけ働いてすぐに寿退社した。

　純白のウエディングドレスに身を包んだハタチのCは、ものすごく幸せそうで、とびっきり可愛かった。二次会のスピーチで、Cはダンナさんに手紙を読んだ。

「仕事が辛くって、本当に辛くってたまらなくって、ストレスでどんどん痩せてゆく私を見て、あの夜、あなたはプロポーズしてくれたよね。もう働かなくていいからって、オレが一生養っていくからねって。あなたのその男らしい優しさが嬉しくて、本当に感激して、嬉し涙がとまらなかった。ありがとう」

私の口からは一生でることがないセリフを心から最愛の男に伝えるCの姿に、私は純粋に感動して拍手をした。仕事には向いていない、と昔から公言していただけあって、たった半年でも、Cにとって働くということはストレスで痩せてしまうくらいに大変なことだったのだろう。人には向き不向きがある。家事が大得意なCだ。絶対にいい奥さんになるし、こんなにも〝女らしい〟セリフでダンナさんという〝男〟を立てることができるCは、間違いなくカレにとって最高の女なのだ。羨ましいくらい、とってもシンプルに相性良く成り立っている、ひとつの男女の愛のカタチ。

しかし、すぐに「おいおいおい」という重低音並みに低い声が聞こえてきた。隣に立っていた、地元の女のパイセンD（当時25）だ。パイセンは眉間にシワを寄せながらつぶやいた。「私だって仕事辞めたいし、毎日辛くってストレスで肌荒れしてるっつーの」と（!）。「でもプロポーズされるどころか、彼氏もできねっつーの」と（!!）。「まったく感動できねっつーの」と（!!!）。

まぁ確かに、Cのケースはラッキーだ。私だって本当は、初めての相手とのハタチでの結婚を夢見ていた（そう。ハタチで結婚はアムラーの密かなる夢だった）。私の場合は、子供の頃から〝将来仕事をしない〟という選択肢は毛頭なかったが（ほら、母が自分の夢を託すようにして私を育てたから）、早々とホンモノの愛を見つけて、落ち着いた環境で仕事に没頭したいと思っていた（まるでスポーツ選手のような計画でしょ）。

でも、振られてしまったのだから仕方ない。当たり前だけど、恋愛も結婚も、相手ありき。それが仕事とは、何よりも違う。

「まぁまぁ、私も、大失恋してからもう2年もずっと彼氏いないし、あ、好きなヒトはできるんだけど、何故かつき合ってはもらえないってのが続いてて、もう両思いとか、どうやったらなれるのって感じです」とパイセンをなだめるように私が言うと、パイセンはふぅっとため息を吐きながら言った。「あーあ、どっかに金持ち落ちてねーかなー。拾って結婚してソッコー仕事辞めてーっ」（！！！！）。もし、万が一どこかに金持ちが落ちていたとしても、彼がパイセンを結婚相手に選ぶ理由がよく見えなかった……。

一方、Cの結婚相手は一回り年上、32歳の公務員。「穏やかで優しくて私のことが大好きで、安定した収入がある。最高のダンナ＆パパになるヒトだと思う。もちろん私もそんな彼のことが大好き」だとCは言っていた。Cは昔から、「金持ちじゃなきゃ！　イケメンじゃなきゃ！」なんて高望みは一切しない。「もし私が死ぬほど美人とかなら、求めてみるかもしれないけど、そういう男の理想の背伸びこそ時間の無駄だから」と（賢）。

そんなCは今、27にして小2年のママとなり、持ち前の料理テクを生かしながらダンナの稼ぎをやりくりして家庭を支える、超デキる主婦となった。「仕事には向かないっていうけど、そうかなぁ？　だってハニーって、色んな面で、かなり賢いよ」と言う私にCは、「あー無理ムリ。だって好きじゃないんだもん、働くの。それがなにより向いてないポイント♡」と即、明るく切り返す。

「なるほどね。でもそれすっごく分かる。私、家事、ほんとうに好きになれなくて、毎日けっこう困ってる……」と私が凹んでいると、「えぇーウソでしょ？　掃除とか超スカッとするじゃん？」「はい、真逆。片付けようと思うと余計に散らかってマジイライラする」「あー、向いてないねー。ダメだそりゃ♡」（苦笑）。

いつか子供ができたら料理はしたいとは思うけど、基本的に家事全般にまったく興味が持ててない。苦手だし……。「別にいいじゃん」なんて開き直っていた時期もあったけど、今となってはそれこそが、私のけっこうなコンプレックスだった。

ピッカピカに整えられたCの家のリビングを見渡し、育児もしながらこの掃除スキルは本当にスゴいなぁって私はCを尊敬した。

「でも、いいじゃない。リリには仕事があるもん。好きでしょ、働くの？」と聞かれて私は、笑顔になった。「大好き」。即答した私に、「でしょう？　それが何よりの、向いている証拠だよ」ってCは優しく言ってくれた。「うん」。それに、もし私に仕事がなかったら、本当になんの取り柄もなくなっちゃう。だから仕事頑張ろう。改めてそう心に誓った次の瞬間、ふと思った。もしかしたらCも、同じような気持ちで家事を頑張っているのかもしれないって。

「でもね、リリ、男の人は立ててあげなきゃダメだよ！」帰り際にCが言った。「精神的には男の人のほうが弱いんだからね」って。

「分かってる。立ててるよ。その、つもりだよ。本心では、女が意識して立ててあげようとしなくても、男には勝手に自信持って立っててほしいって思ってるんだけど、でも、〝女のDNA〟に刻み込まれちゃっているかのように、恋人のことは立ててあげなきゃって私いつも思ってる。まぁ、お互い仕事も忙しいし、一緒に住んでても週末くらいしか……」

「リリ、仕事仕事って、よく言うね」

突然言われて、「え？」って思った。「え？　本当に？」「うん。他の話をしてても、リリの口からよく仕事って言葉がでてくる」。ハッとした。ちょっとショックだった。

「そっか。そうなのかも。なんか、自分で思ってる以上に依存してるのかも、仕事に。仕事っていうか、自分には〝仕事がある〟ってことに。都合よく色んなことの言い訳にも使えるし、それに……」

「それに？」

「この10年、何を頑張ってきたって、それだから。夢を仕事にするために。で、今、それをできていることが、今の私の自信を支えてる、すべてだから。仕事＝私のアイデンティティなんだな、きっと……」

「あ、でもじゃあ同じだ。子供の話ばっかりついついしちゃう、私も同じ」

「……そっか。なんか分かんないけど、良かった。ちょっとホッとした」

「彼とは、上手くいってるんでしょ？」と最後に可愛い笑顔で聞いてきたCに、私も笑顔を返した。「うん。もう同棲して長いし、関係は安定してる。結婚するつもりでいるよ」。そう言える関係があることにも、私はとても満足していた。

でも、なんでだろう。仕事の話をする時よりも、声が小さくなってしまうのは……。

恋人依存

〝小さな問題〟から必死で目を逸らす度★★★★☆

「最近、彼と、どう？」

「ん〜、〝フツウ〟だよ」

「そっか。うちも〜！」

ガールズトーク、終了（笑）。〝長年の恋人アリ〟な女同士の恋バナは、この三言で片付いてしまうことも少なくない。お互いが安定した恋愛関係の中にいるので、特に話すべき問題もなく、恋バナにすら、ならないのだ。

「でもさ、それって、幸せなことだよね。恋愛が上手くいってるってことだよね」とお互い、余裕の微笑みを浮かべながら言い合っていても、実は、誰かに相談するまでもない〝小さな問題〟なら、それぞれに色々と抱えている。


たとえば、恋人と付き合って8年になる女友達S(29)は、「別に、もう慣れたんだけどさ」と前置きしてからこう言った。

「彼って、昔っから仲がいい男友達のグループがあって、お前ら男版SATCかってくらいガチでつるんでんの。それ自体はまぁ、ちょっとキモいけど、まぁいいよ。でも奴らって毎週金曜の夜に、朝までとっことん飲むわけ。だから毎週土曜は、私も仕事休みで家にいるってのに終日ガン寝&二日酔い。付き合い始めはそのことでケンカにもなったりしたんだけど、今はもう受け入れてるっていうか諦めてるっていうか。私も土曜は友達との予定入れて、日曜に彼と過ごすってことにしてるからいいんだけどさ」

　そして、恋人と同棲して2年が経った頃の私も、「だから、どうするってわけじゃないんだけどさ」と前置きしてからこう言った。

「私って音楽依存で、ズーッと同じ曲を延々とリピートして聴いてたりするの。彼ってテレビ依存で、ズーッとテレビをつけっ放しなの。だから平日の夜はいつも、私はリビング、彼はベッドルームにいて、あいだのドアをピタリと閉めてる。ま、それは、私が夜中にリビングで原稿を書くことが多くて、彼の仕事は朝早いから彼は寝るっていう生活リズムの違いが一番の原因なんだけど、たまに週末もそうなることがあってさ。そうなるとさすがに〝うちらってもしかして、合わないのかなぁ〟って思っちゃうよ」

それぞれの〝小さな問題〟をシェアした私たちは、お互いの話に「ふぅん、そっかそっか」という感じだった。「何それ！　ありえない！」なんて声を荒らげるような問題じゃないからだ。こんなの、ふたりの違う人間が、男女が、付き合っていく中で十分に「ありえる」こと。男が悪いわけでもなければ、自分が悪いわけでもないし、それだけの理由で「別れたほうがいい」なんて思いもしない。

むしろ、他のカップルも自分たちと同じような〝小さなズレ〟は抱えているんだ、という事実に内心ホッとしているくらい。やっぱり自分の恋愛は〝フツウ〟に上手くいっているんだ。そう思いたいから、そう思わせてくれた女友達に、お互いに感謝する。

でも、そんな女同士のホッとし合いなんて、一瞬の気休めだ。恋人との日々の〝フツウ〟の生活の中でふと感じる〝うちら合わないのかなぁ〟という小さなズレは、気付かないうちにどんどん心の中に蓄積されてゆく。そしてそれは、自分の中だけでなく、相手の中にもだ。そうして、ふたりの関係の中に、小さなズレが少しずつ積もってゆく。

一見〝フツウ〟に上手くいっていそうな関係の中での、〝だけど、何かが違う〟という直感のようなものは、お互いがお互いに対して感じている。好きで一緒にいる者同士、皮肉だけどそこもきちんと、〝両思い〟。

「でもね、ふと不安に思うんだ」と、私がSと彼の関係を否定したりはしないと確信したところで、Sがもう一歩踏み込んで話し始めた。

「将来結婚して子供ができても、彼はこの、男の友情優先スタイルを続けるつもりなんだろうなって。だってそのグループの半分は、妻子持ちなんだよ。で、最近そのうちのひとりが奥さんに逃げられてさ。フツウそうだよなムリだよなって深く納得しちゃった私の隣で、彼はひたすらダチに同情してた。なんか……、引いたよね（苦笑）」

「私の場合はむしろ、子供でもできないと、共通の趣味が持てないのかもしれないって思うことがあって。あ、でもそれってけっこうヤバいから、あまり深くは考えないようにしてるんだけど（涙）」

「あぁうん、なんかヤバいかもって思った瞬間、思いっきり目を逸らしちゃうんだよね……分かる分かる」と、もう一度だけ一瞬ホッと共感し合いながらも本当は、そんな〝小さなズレ〟こそ生活に密着している分、ふたりの関係に与える影響力が地味にデカいことも知っている。結婚を考えているからこそこういう〝価値観のズレ〟は無視できない。これから子供を生んで、共にパートナーとして一生やっていけるのだろうかと考えてみると、それが本当に〝小さな〟

問題なのかも分からなくなってくる。ただ、そんな未来を考えるほどに関係が真剣だからこそ、そんな〝ズレ〟程度じゃ別れられないし、別れたいとも思っていない。ううん、むしろ、別れることだけは避けたいって本気で願っている。

そして、どちらが悪いというわけではないという点が、何よりも難しい。

お互いに、そんな状況とその中で絡み合う心情が分かりすぎて、ガールズトークはこれにて終了。「そういえばさぁ、B子がヒアルロン酸あごに入れたんだってー」なんつー具合に、この件に関してはもう何も言えずに話題チェンジだ（笑）。

私もSもアラサーで、恋人は20代のほとんどを捧げて関係を築いてきた相手。つまり、今までの人生の中で最も真剣で、最も長く続いている恋愛なのだ。そこにズレがあるのは確かだが、それより何より愛があるのも事実なのだ。それをすべて投げ出して別れるほどの理由など、どこにもない。〝もっと合うヒトいるのかも〟なんつー現実的とも思えぬ軽いノリで、新しい出会いに残りの人生賭けちゃえるほどの、勢いも自信も残ってはいない。

それに、
どうしてだろうね。
いつだって、
ひとつのコインは、

裏と表が、背中合わせ。

表の世界に対して「恋人がいる」って言う時は、その〝関係〟自体が、他のどんなことよりも女としての自信をあたえてくれるのに、その裏にあるリアルな〝恋愛関係〟の中では、ジワリジワリと女としての自信が、むしばまれていったりする。だから、こうなる↓。

女としての自信がなくなる↓「こんな私を好きだと言ってくれる人は彼しかいない」と恋人に依存↓依存しすぎてふたりのあいだの問題がクリアに見えなくなる↓が、できればそのまま目を逸らしたいので目の前の仕事に没頭↓恋人との関係がより大きくズレはじめる↓冒頭へ。

——という、エンドレスループのド真ん中に、私たちはいたのだった。

依存体質

病気度★★★☆☆

恋愛中、
自分の本当の気持ちが、
見えなくなることがある。

自分が
何をどう感じているのか。
何をどうしたいのか。
何を一番に、求めているのか。

今まで、付き合っている男との関係に、自分の気持ちに、疑問を抱いてしまっていることを相談するたびに、女友達から言われてきたセリフがある。同じように迷っている女友達に、私が言ったこともある。だって、これが正論だもの。

「迷いがあるなら、とりあえずひとりになって考えてみなよ」

ひとりの男と一緒にいることに、とても安定した関係に、どっぷりと依存しすぎて自分の気持ちが見えなくなった時は、一度離れてみるしかないのだから。
でも、私はそれがどうしても、できなかった……。もちろん、何度かトライしてみたことはある。「距離を置こう」というズルいセリフで一度、男とべったり依存し合っていた生活から身を離してみるのだ。が、結局いつも、1ヵ月も持たずに私は男の元に逃げ帰った。

ひとりになってみるたびに、もう、ちょっと恥ずかしいくらい、心がボロボロになってしまうのだ。ひとりになってみたことで、余計に、自分の本当の気持ちなんて見えなくなった。それくらい、頭がグチャグチャになってしまうのだ。

私みたいな女は、もうこのまま誰にも愛されないんじゃないか。

もうとっくに自力で乗り越えてやったとばかり思っていたトラウマのようなセリフまで、脳裏に浮かんではこびりついて離れなくなる（あれも中2だった。些細なことから父と激しい口論になったのだが、当時から私は口喧嘩があまりにも強かった・苦笑。母譲りのヒステリックな攻撃を容赦なく続ける娘に危うく言い負かされそうになった父は、私のあまりの生意気さに思わずキレて〝お前みたいな女は男から愛されないぞ！〟と叫んだのだ。父は思いもしなかっただろう。その時うっかり口から飛び出したそのセリフこそ、思春期の私を何よりも傷つけるパンチラインで、15年後にそれを本にまで書かれてしまうとは・笑）。

でも、そこまで傷ついた事実の裏を返せば、その頃から私は、自意識過剰なくせに、ソコにおける自信だけはまったく持てずにいたということだった。そしてオトナになって恋をして、好きな男に「愛してる」って言ってもらえた喜びは言葉にできないくらいだったけど、でも、その恋が終わりを迎えるたびに、またソコに戻ってしまう。やっぱり原因は、私の女としての魅力の欠落にあるんじゃないかって。だからこそ、今の恋愛が終わればもう次なんて絶対に私にはこないって、本気で思い込んでしまう。

そんなことはないのかもしれない、と頭の片隅で考えてみても、ううん、じゃあこれまでの人生でそういう出会い、つまり永遠まで続く出会いはあったのか、なかったから今こうなっているんじゃないか、という経験論にたどり着く。自分のこれまでの経験ほどに、説得力のあるものなんてない。

こんな私を好きだと言ってくれる男がいて、彼のことを私も好きで、ただ、その関係の中に問題はある。でも、ひとりぼっちになる恐怖はとてつもなく大きくて、その先にある孤独を想像するだけで、私は悲鳴をあげてしまいそうになるのだった。

いつも悩みに悩んだ末に、結局この二択に行き着くのだ。〝問題はあるけど彼と一緒にいるor生涯孤独〟。で、当然、あぁもうダメだ別れちゃダメだ、と強く思って悩み終える。

私は、距離を置くという提案を自ら引き下げて、自分の心ではなく日記帳と向かい合う。心と文章のあいだに、タバコの煙をくゆらせながら、ごまかしたい気持ちをもっともらしい言葉へと変換していくのだ。

「100%自分と合う人なんていないんだから、合わない部分をそのままに受け入れることが〝愛〟なんだ。この人だって決意して、腹をくってありのままを愛することが〝永遠〟

なんだ」

そう文字にしてみると、私の心は落ち着いた。そうよ。私が、〝Ｔｒｕｅ Ｒｏｍａｎｃｅ〟に夢を見すぎているだけで、現実なんてそんなもの。みんなそうやって愛し合ってるんだよ。大丈夫。ここに愛があるのは事実だし、今の彼こそが私の運命の男。大丈夫。私はもう、ひとりぼっちになんてならないのだ。

そう、思えた気がした。そう、自分を思い込ませることに、成功したような感じがした。だけどそれはやはり、恋の終わりを、半年、１年と先延ばしにしただけの、一時的な応急処置にすぎなかった。

受け入れるべき〝違い〟と
解決すべき〝問題〟の差は？
アキラメと受け入れの、
ロマンと現実の、
折り合う地点は、
ドコにあるの？

SOMETHING OLD - SOMETHING NEW

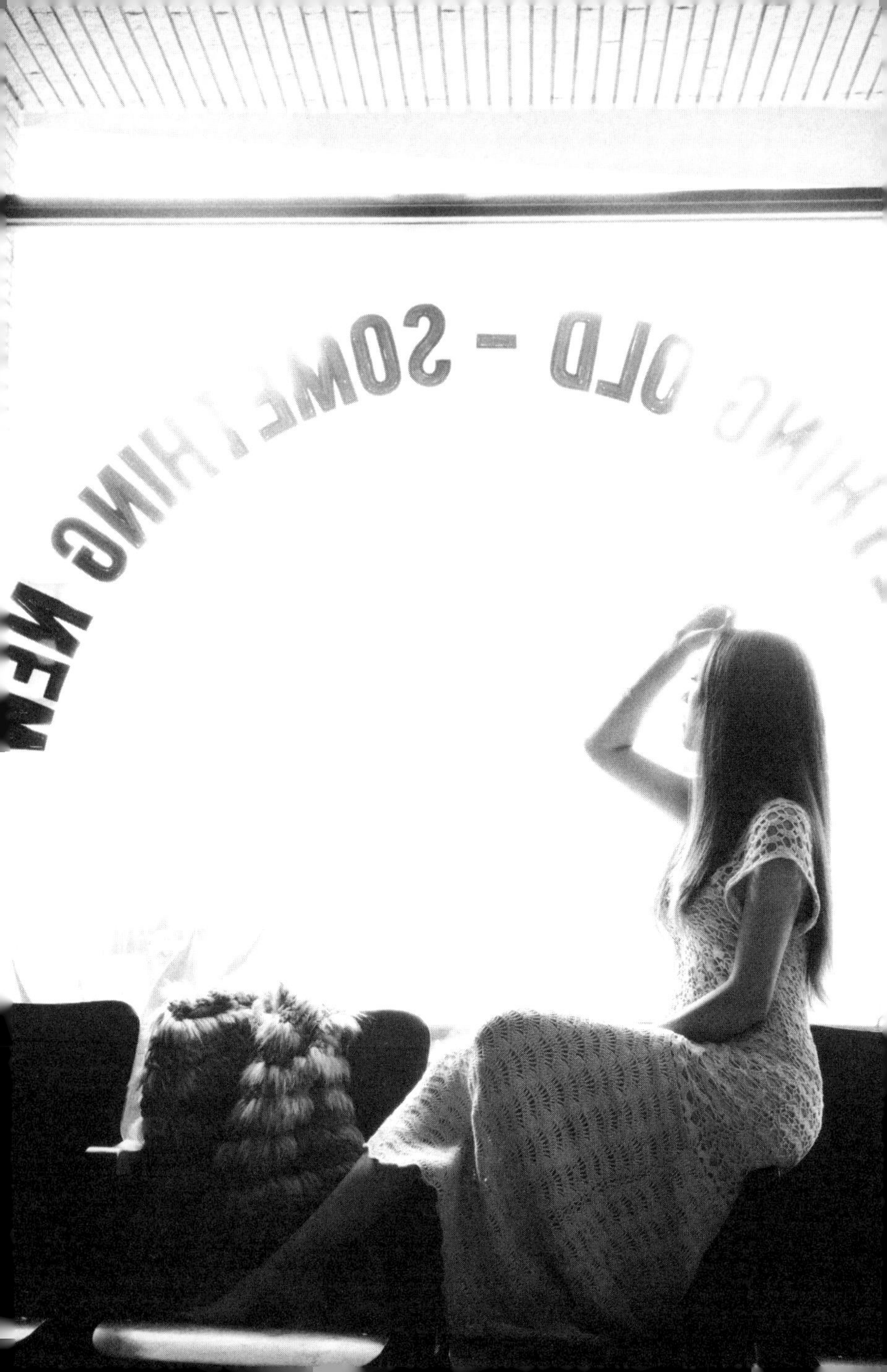

人はヒトリじゃ生きられないけれど、
だからこそ、
ヒトリでも生きていける強さがなきゃ、
きっとフタリで一緒には生きられない。

Chapter 1.
愛を失うということ
Broken hearted

長く続きすぎた恋愛の落とし穴①

熟年離婚度★★☆☆☆

長く続く恋愛に、何よりも憧れていた、10代の頃。長く続いた経験がなかった私は、付き合うことよりも別れることのほうが遥かに大変で、勇気のいることだなんて、思いもしなかった。

〝結婚ってなに？〟という独身女にとっての最大のテーマについて、考えてはこんがらがる私たちアラサー女の心情を、私は「おとこ」シリーズの前作『さいごのおとこ』に書き綴った。その間ずっと、私は自分の結婚についても真剣に考えていた。結婚とは何か。それはもちろん人それぞれで〝正解〟なんてないものだけど、さまざまな結婚観について書いていく中で、私は自分の〝答え〟を見つけたかった。

というのも私は、21歳から5年半付き合っていた恋人と当時、結婚したいと思っていた。〝好き〟だったから。昔から自分の〝好き〟という純粋な気持ちだけを理由に結婚がしたいと思っていた私は、恋人とのそれをまっとうする運命にあるような気がしていた。

もともとお互いに自分とは違うところに惚れていたような私たちはいつの間にか、家にいる時間の過ごし方から遊びにいきたいと思う場所まで、すべてに共通点を失ってしまっていたけれど、そんな〝違い〟は受け入れようってお互いに思っていた。ただ、少しずつ、でも確実にそのズレは大きくなっていて、遂に無視できない〝問題〟にまで発展してしまった。

２００８年、夏の終わり。

ラフォーレで買い物をしている最中に彼と些細なことでケンカになり、ああでもないこうでもないと話し合いながら表参道を歩いてたどり着いたマックで、私はサングラスの下で涙を流しながら彼の隣でダイエットコーラをすすっていた。

同棲しながらも平日はお互い仕事ですれ違い、週末はお互い疲れて寝てしまうような生活の中では気付かなかった（ううん、気付いてはいたけど仕事の忙しさに逃げるようにして目を逸らしてきた）、ふたりのあいだの大きなズレから逃げられなくなった、１週間の夏休み。

私たちには、何もすることがなかったし、その時間を埋める会話のトピックさえ、もう思いつかなかったのだ。それって、ハッキリいって、〝大問題〟だ。前日の夜に、「うちら、これじゃヤバいよ」と私は遂にその思いを切り出して、ふたりで話し合ったばかりだった。

「じゃあ、映画は？　ディズニーランドは？」と彼は遊びを提案してくれたけれど、深い会話を必要としないデートをしても、もうごまかしきれないミゾがふたりの間にあることに、私は気付いてしまっていた。

「どこにもいかなくても、ただ語り合うだけで時間を楽しめる仲になりたい。たとえば、ほんとたとえばだけど、神様って本当にいると思う？　ってテーマで時間を忘れて語り合うような、そんなのがしたい」

そう言って泣いた私を見て彼は、そういうタイプではない自分自身に傷ついた様子だった。と同時に私も、映画やディズニーランドデートで満たされる多くの女の子たちを思い、そうはなれない自分に深く失望した（今一番話し合いたいテーマが〝有神論〟ってのも、おかしいでしょ。でも、本当にそうなの。もう、私ってホントなんなのって……）。

「私がヘンなんだよ、ごめんね」「ううん、オレがダメなんだ、ごめんね」。罵り合うより、遥かに苦しかった。謝り合うって、どうしてこんなに切ないんだろう。胸が、張り裂けそうだった。

どちらが悪いわけでもない話し合いは、謝り合ったところで仲直りということにもならず、そのまま朝を迎えて買い物に出たものの、私たちのあいだの微妙な空気は消えなかった。イライラしている彼の態度に私が傷つき、ケンカになった。ケンカといえどこれもまた、「ごめんね」「オッケー」なんかで解決するものじゃない。その原因の根本はやはり、ふたりのあいだのミゾであるわけなのだから。

「ねぇ、買い物してても お茶してても、同じこと。話すことがないって、うちら、やばいよ」

そうつぶやいた私に、しばらく黙っていた彼が言った。

「……結婚して子供ができれば、子供のこと、話せるよ」

その言葉を聞いた瞬間、もうどうしようもなく悲しくなって、目からどっと涙があふれ出てしまった。その通りだと、もう私たちにはそれしかないのだと、私も思ってしまったからだ。

「そんなの、ダメだよ……。だって、もし子供ができなかったら？　もしできても子供は巣立っていく。そしたら？　その後は？」

声が涙で、震えてしまった。だって、あぁ、なんという皮肉。それまでの数年間、私は彼との結婚への確信を何よりも求めていたというのに、その瞬間、私は彼との熟年離婚を確信した。

でも、それでもまだ、私たちの中に〝別れる〟という選択肢は見えなかった。いや、違う。一瞬チラリと、でもハッキリと、〝終わり〟が見えてしまったような気がしたからこそ私たちは、その事実から逃げるようにして手をつなぎ、今まで以上に力を入れて、お互いの手をギュウッとにぎった。

別れることが、ふたりからひとりぼっちになることが、何よりも、何よりも、怖かった。ふたりとも。だから私たちはその時、〝お互いがもっと歩み寄ろうね〟というその場しのぎの結論で、ごまかした。付き合って5年、これ以上は無理ってくらいにお互いに歩み寄り、ふたりの距離をくっつけてくっつけてくっつけた結果、ぶち当たってしまった壁だというのに。

もちろん、〝好き〟だけど〝なにかが違う〟とお互いが感じ始めたのはきっと、もっとずっと、前だ。でも〝両想い〟だから、一緒にいる時間はとても心地よく、恋から愛へと、時間がふたりを運んでくれた。そこからはもう、ふたりの記念日をいちいち書き込むことも少なくなった手帳のカレンダーは、勝手にビュンビュンとページを飛ばしてゆく。気付けば3年、4年、もう5年という感じだった。

ねぇ、それって、いいことじゃないの？　私は自問した。だって昔から求めていたのはまさにこれだったはず。長く続く恋愛を、永遠の愛を、今だって何よりも求めている。それなのに〝なにかが違う〟ままの関係が永遠に続いてしまいそうなことに対してザワメク、この胸のモヤモヤが、私を何より苦しめる。別れることも怖いけれど、このまま別れられなくなってしまうことに対しても、私は同じくらいの恐怖を感じ始めていた。

〈つづく〉

長く続きすぎた恋愛の落とし穴②

黒いウエディングドレス度★★★★★

赤く泣き腫らした目をサングラスで隠し、彼と無言のまま手をキツくつないで青山を歩いていると、「リリちゃんですか？」と声をかけられた。「コラムいつも読んでいます！」。私と同年代の女の子が、私を見つめて興奮気味にそう言った。沈んでいた心が一気に浮き上がったのを感じた私は思わず彼の手をパッと離して、彼女をギュッと、ハグしてしまった。

恋ってなに？　愛ってなに？　結婚って？　どこにも存在していないそれらの〝答え〟を探しながら、家でひとり、パソコンに向かって私が書いている文章を、どこかでひとり、読んでくれているヒトがいる。その事実に、私の寂しさは癒される。そして、こうしてそんな仲間と実際に対面できた時は、ずっと会えずにいた昔からの女友達とやっと出会えたような不思議な気持ちになる。恋人と手をつなぎながらも、彼との関係の中で猛烈な孤独を感じていた、この時は、特に。

私の手をつなぎながら私と同じように傷ついていた彼も、突然抱きあう初対面の私たちを見て、パァッと笑顔になった。出会った時から作家になりたいと言い続けていた私が初めて連載を持つようになるまでの過程を、ずっと近くで見守り続けてくれていた彼は、私の文章に読者がついてきたことを心から喜んでくれていた。

そんな私と彼の様子を見て、彼女は目をキラキラさせた。きっとそこに私たちは、ラブラブなカップルとして映っただろう。長い間一緒にいた彼との愛ある日々を、私はたくさん文章にしてきたから、〝読んでいた通りのふたり〟だと彼女は思ったことだろう。私たちのあいだには確かに、誰の目にも明らかな〝ラブ〟があった。でもそれと同時に、私たちのあいだには私たちだけにしか見えない〝ミゾ〟もあった。

彼との関係における悩みや問題をリアルタイムでコラムに書くことなんてできないし、読者もそこまでは求めていないとは分かっていても、そのギャップが、この時の私にはたまらなくはがゆかった。彼とのこじれゆく関係はもちろん、文章を通じて心を通わせたことのある読者とこうしてすれ違ってゆく事実もまた、私の胸をキリキリと締めつけた。

彼とこれから、どうすればいいんだろう。それからまたグルグルと考え続けた。でもその結果、また同じ結論に行き着くのだった。

自分たちなりに、まっすぐ向き合い築いてきた〝長く続いている関係〟が〝結婚〟に行き着くことは、親にも友達にも、そして読者にも理解される〝自然な流れ〟であると思ったし、それは私の頭を納得させるにも十分なものだった。何度考えてもそう思うのだから、悩むこと自体をやめてしまおうと、私は腹をくくった。私にとっての〝結婚〟の〝答え〟は、彼なのだ。

無理矢理でもなんでも、彼とのハッピーエンドを自分の頭の中で結論づけることができた私は、心底ホッとした。その安堵感といったら、私を全身すっぽり包み込んでくれるくらい大きなものだった。正式に婚約したわけではないけれど、〝好き〟な相手との結婚が自分の未来に見えたことが嬉しかった。しあわせだって、感謝しなきゃって、思っていた。

そんなしあわせな結婚をエピローグで報告しようと思っていた前作、『さいごのおとこ』の表紙に私が選んだウエディングドレスは、真っ黒だった。10歳の頃から夢に描いていた真っ白な気持ちで神様に永遠を誓うという結婚とは、何かが違っている。それがロマンと現実の差であり、その差を受け入れることは決めたものの、そこに差があるという事実にウソはつけなかった。もう、純白を着る資格は私にはないって真剣に思っていた。

スタイリストのみっちゃんが用意してくれた黒いドレスは、最高に可愛かった。恋人も撮影現場に見にきてくれた。結婚式とはそりゃ違うけど、みんなにドレス姿を褒められて、しあわせだった。その時は気付かなかったけど、真っ黒なウエディングドレスを着てカメラに向かって微笑む私は、自分でも気付かぬ深い失望を、胸に抱えていたんだと思う。

私と彼はあの頃、〝一緒にいて楽しいこと〟をお互いに求めることすら放棄して、〝でも好き〟だから結婚しようと思っていた。

〝何かが違う〟という違和感を理由に、別れることよりも、それを無視して結婚しちゃうほうが、遥かにラクだったからだ。

でも結局、その本の原稿の最終入稿〆切日に、私たちは別れた。私は泣きじゃくりながら、あわてて本の最後のエピソードを書き直した。真っ黒なウエディングドレス姿の私が表紙を飾った『さいごのおとこ』が本屋に並んだ時、私たちは、お互いの過去になっていた。

愛が終わりを迎える瞬間

どちらかが依存の対象を移した時度★★★★☆

別れることも、腹をくくることもできずにグルグルと悩み続けていた時に、ずっと聴いていた曲がある。PUSHIMの〝Strong Woman〟。馴れ合いの関係の中で、自分から〝さよなら〟を切り出すことの、尊い強さをうたった歌。

体は抱き合っていても、そこにあるべき〝大切なもの〟は既に抜け落ちてしまっている状態で、そのことにふたりとも気が付いているのに、男は別れようとは言ってこない。

PUSHIMはそんな男に切なく、優しく、うたいかける。

「でもさよならと切り出せない、それがあなたの弱さ」

聴くたびにそのラインが、私の胸にグサリと鋭く突き刺さった。PUSHIMはつづける。あなたの代わりに私が強さを持って、「あなたにさよならを言う」と。「失うかもしれない。

傷つけ合うかもしれない。裏切り合うかもしれない。だけど逃げ出したりしない」と。

それが、どんなにどんなに苦しいことなのか、身をもって感じている時だったからこそ、その美しい強さが眩しくて、眩し過ぎて、曲を聴きながら私は泣いていた。私はどうしても、その強さが持てなかった。

何百回とリピートした曲をとめて、涙をぬぐって、「それでも別れないこと」を私は選んだのだった。


そんな強さを、最後まで持つことができなかった者たちが、本当に終わる時。

既に終わっていた恋を、遂に終えることができる時。

それは、どちらかに他に好きなヒトができた、その時だけな気がする。


愛を求めてアホみたいに恋ばかり繰り返してきたけれど、これまでに私がしてきた真剣な恋愛はみっつ。その〝真剣な恋愛〟の定義は、相手を想っていた気持ち、永遠を願っていた気持ち、結婚を考えていた気持ちが、すべて真剣だった恋愛だ。

でも、相手をそのままに受け入れることも愛なのだ、とその時の自分に都合よく愛を解釈して永遠を目指したみっつの恋は、1年、2年、5年半と、それぞれ続いた後で突然、泡がパチンと弾けるようにして一瞬で終わった。

とても残酷で、皮肉なことだと思うけれど、お互いにどっぷりと依存し合った関係があっけなく終わったのはすべて、どちらかが依存の対象を替えた時だった。

巨大な寂しさを持て余すが故に極度の依存体質である私と選び合っていたような男たちはみんな、私と同じように、ひとりぼっちになることに何よりも怯えていたように思う。愛に飢えた者同士でなくちゃ、お互いの寂しさを埋め合うことができないから、お互いを選び合っていたのかもしれない。ただ、求めている愛の大きさの相性は良くとも、依存する者同士だからこその問題がある。

恋愛が終わったあとも、ずっと、別れることができない。

ひとりになるのが怖くて、終わっていることに気づけない。

孤独に対する恐怖心が強すぎて、自分の気持ちの変化さえ無視してしまう。安定した関係にどっぷりと身を浸すことの安心感を、そしてそれをくれる男を、愛しすぎて、その関係が上手くいっていないことさえ、許してしまう。

終わっているということに本気で気づくのは他の誰かに惚れた時。

別れることができるのは、別の誰かに、依存の対象を、移した時。

18の時に「好きな女ができた」と男に言われた時、なんて卑怯なことをするんだろう、と男を恨んだ。21の時に「好きな男ができた」と男に言った時、私はそんな卑怯な真似をしてしまった自分を許すことができず、同じ理由で振られた時よりも辛かった。自分にどっぷりと依存することを許しておいて突然、「もうダメ。さよなら」なんて、残酷すぎる。自分を愛してくれる男を〝本気の浮気〟で裏切ることは、私のトラウマとなった。その時にできた〝好きな男〟が、5年半つき合った彼だった。

彼との恋愛の中で「傷つけられるより、傷つけるほうが怖い」と言い続けていた私に、「キレイごと」だと言った人もいるけれど、それは違う。誰よりも傷つけたくないと思っていたヒトを自分の手でこっぴどく傷つけてしまうほどに傷つくことってないのだ。自分自身に失望するって、とてつもなく怖いこと。傷つけられた傷は時間と共に癒せても、傷つけてしまった傷は、一生残る。

どうして？　自分を傷つけた男とは離れることができるけど、ヒトを傷つけた自分とだけは、それこそ死ぬまで別れられないのだから。

そして、私はまた、同じことをしてしまった。私が何よりも恐れているのは、傷つけることよりも、傷つけられることよりも、心の中に持て余す愛情と寂しさをぶつける対象としての、〝男〟が途切れてしまうことだったのかもしれなかった。そんなのって最低だし、認めたくもないけど、他に好きな人ができて初めてさよならを切り出したのは事実なのだ。もう、徹底的に失望した。私はそういう、情けなくて弱い、ダメな人間なんだと思った。

ズルいよね。結局、自分しか愛していなかったのかな。

10歳からずっと、〝好きな男〟を切らしたことがない。

ダサいよね。精神的に、自分の足じゃ、立てないんだ。

この、超が付くほどの恋愛依存体質こそ、自分の一番嫌いなところ。コドモ時代に感じていた、母と父がいつまでも〝男と女〟であることに対する絶望と孤独が、私の〝男を求めまくる体質〟の火に油を注ぎ、私は、男がいないと生きていけない女になってしまったのかな。両想い、片想いにかかわらず、〝好きな男〟がいないと私は、生きている実感すら得ることができない。それって本当にバカみたい。

でも、だからって、ふたりのあいだで、大切な何かがとっくに終わっていることにも気付けずに、ううん、意識的に気付かずに、他のヒトに恋をしてしまった瞬間に初めて、その事実から逃げられなくなるなんて、ものすごく卑怯じゃない。そんなのって、最低だよ。

恋愛に正義は通用しない。恋愛に筋は通らない。そんなこと、頭では分かってる。でも、この世界の中で私が一番好きな、人間にこそ、男にこそ、恋愛にこそ、私は正義を貫きたくて、でも私が誰よりそれを貫けていなくて、そんな自分に心の底からガッカリした。だって、結局それって、自分しか愛せていない証拠じゃない。

ひとりぼっちが嫌でたまらないのに、
他人を自分以上に愛せないなんて、
私を孤独のドン底に、突き落とす。

オトコがいないと生きていけない？

そんなのウソ度★★★☆☆

「マゾなんだろうね。あんたって」「そして、かなりのナルシスト」。気が狂ったように泣き続けていた私にそう冷たく言い放ったのは、大失恋の末に〝恋愛スイッチ〟がパチンとオフになったという、既出の女友達U（33）だった。

「あんただって同じくらい彼に傷つけられてきたし、あんたも同じくらい彼を傷つけたんだよ。真剣に付き合ってきた男と女が別れるって、そういうこと。『他に好きな人ができた』っていうのは、結果に過ぎない。恋が終わっていないのに他の人に恋をするってことは、心理的にまず無理なこと。自分を責めるとすれば、こうなる前に別れを切り出せなかった、その点についてだけだよ。必要以上に自分で自分を罰しようとして、心をメッタメタに痛めつけることはやめなさい」

長く付き合った男に突然別れを切り出され、次の恋になんていけなくなるくらい傷ついた過去から数年かけて、その闇から自力で這い上がったUの言葉には説得力があって、ボロボロの私に優しく染み込んだ。かと思ったらまた、鋭く的確な言葉を、私に突きつける。

「オトコがいなきゃ死んじゃうなんて、ね。男がいなくなっても生き残った私みたいな女から言わせたら、ただの乙女なたわごとよ。恋してないと無理、とか、ガキ臭《くさ》って思うわ」

リアルな恋のシビアさを知り、そこからサバイブしたタフさを持つ、オトナの女。彼女たちは、甘ったるいだけのフェイクなロマンを絶対に許さない。

「それこそガキだった頃は常に入りっ放しだった恋愛スイッチ、なくしちゃった私だからさ、ヒガミ妬み込みで、そう思うんだけどもさ（笑）」と、前のセリフをフォローするように付け加えたUに、私は言った。

「恋愛スイッチを、なくしたわけじゃないと思う。Uは、いなくなったら死にかけるほどの恋を経験したからこそ、もうそれ以下の恋なんてねつ造できなくなった。そういうことだと思う。ホンモノの恋を知ったから、ニセモノに溺れる技を失っただけ。それは、後退じゃない、前進だよ」

「それに、比喩でもなんでもなく〝もう立てない〟ってくらいの大失恋から、時間をかけてなんとか這い上がって、Uは今、ひとりで地に足つけてまっすぐ立って歩いてる。その過程でUが得た、その強さが今の私には、眩しくってたまらないよ。

私、自分の弱さが嫌いでたまらないって思いながらも、どこかでその弱さを肯定してきた。みんな弱いもんって。ひとりの弱さを補うようにしてふたりで一緒になれば強くなれるんだからいいんだって。それ、間違いだったよ。逆だった。今回、思い知ったよ」

目の縁が、ほんのりと赤く染まったUを見つめながら、私は言った。

「自分の心が強くなきゃ、人を、本当には愛せないんだよ。こんなにも心から〝もっと強くなりたい〟って思ったことは、今までの人生で一度もなかったよ」

また、過呼吸になるくらい泣いてしまった私の背中をゆっくりとさすりながら、Uが言った。「なれるよ」って。

「自分の心を痛めることでしか、人は成長できないから。今、あんたの心の真ん中にあるその、深くえぐられたその生傷は、とてつもない痛みをもって、あんたのことを試してる。ここから生き残るだけの強さを持っているかなって。と、同時にその痛みは、あんたにあることを示している。どんなに真剣な気持ちで、彼のことを大切に思っていたのか、を。

それだけ他人を想えるんだ、大丈夫だよ。これを乗り越えて強くなったその心で、あんたが"こいつだ"と思ったっていうその男を、もっと上手に愛せばいい」

泣きすぎて、声を出すこともできなくなった私がUに伝えたかったことを、Uが私に言った。「ありがとと」って。

「忘れてたもん思い出した気がする。たぶん私、自分の手で心の奥の奥にしまい込んで、封印していたんだ。恋愛スイッチと一緒に、当時の記憶。あんたがあまりにも死にそうな勢いで泣くもんだから、いくらなんでもそんなに傷つくなんて大袈裟だよって思ってたんだけど、そうだった。私も、7年間毎日一緒にいた男を失ったあの時、マジで本当に、死ぬかと思ったんだった」

恋をして、男と女として愛し合って、一緒に生活をはじめたら、いつの間にか、家族みたいになっていた。

それも、とうに自立した、自分のほんとうの家族よりも近い、存在に。一緒にいることが日常で、離れるなんて無理だった。でも、ほんとうに皮肉だね。男と女としての恋愛が終わっていたからこうなったのに、関係は男と女だったから、家族みたいに愛していたあなたと、もう二度と、会えなくなった……。友達には、なれないね。なれたらいいのに、やっぱりそこはきちんと男と女のままだった。

失恋なんて軽い響きでは表すことができないくらい、愛を失うって、しんどいね。同じように長年の彼女と別れた男友達（32）は、その時の失愛を、「その喪失感は〝彼女に振られた〟なんてもんじゃなく、〝母ちゃんが死んじゃった〟ってくらいドでかいものだった」って表現した。Uは、今になって初めて当時を振り返り、「もしかしたら、あの時一回死んだのかもしれない」って言った。「生き抜いたというよりも、ほんとうにそこで一度死んで、そこからまた、生まれ変わったような感じだ」って。

＊

人はヒトリじゃ生きられないけれど、
だからこそ、
ヒトリでも生きていける強さがなきゃ、
きっとフタリで一緒には生きられない。

ヒトリよりフタリは
時により強く、
時により脆い。
ヒトリがもうヒトリに

よっかかっている体勢じゃ、
片方がどんなに踏ん張ったって
最後には、力尽きて倒れてしまう。

フタリで生きたければヒトリでも歩けるくらいに
自分自身が強くなんなきゃいけなくて、
自分以外の誰も、自分を強くはしてくれない。
だから、
自分の弱さがつくった傷の痛みを真っ正面から味わおう。
傷は、一生消えることはないけど、いつか必ず血は止まる。
その時、前よりも強い自分に、成長していると信じたい。
自分を守ることより、ヒトを大切に、できるくらいに強く。

結婚しなきゃ終われなかった

適齢期という名の呪い度★★★★★

「結婚しなきゃ、終われなかった。私の、場合はね」

26歳から4年間付き合った彼と30歳で結婚して、その1年後に離婚した女友達L（32）はそう言った。「これ、コラムのいいネタになるよ、絶対。共感してくれるアラサー女はいっぱいいると思う。あ、匿名にして設定変えるのを忘れずに！（笑）」って明るく笑ってから、Lはすぐにマジメな表情に戻って語り出した。

「彼と初めて会った時、結婚するならこういうヒトがいいなって思ったの。今まで私が恋に落ちてきたタイプとは違ったけど、誠実そうで優しかった。名の知れた企業に勤めていたし、彼が卒業した大学名から、彼が育った家庭が中流以上だって分かったし。結婚は恋愛と違って、家族と家族の問題でもある。自分が育った家庭環境以下のヒトとは無理だって思っていたから、彼の実家のほうが私よりもお金持ちそうなところもイイナって思ったんだ。

別に、金目当てとかではないんだよ。結婚しても私は仕事を続けたいって思っていたし、うちの実家だってそれなりにお金はある。でもだからこそ、そこのレベルが合っていることは大事だから。

すぐに付き合うことにはならなかったんだけど、友達として、何度かみんなで遊んだりはしてた。で、知り合って1年くらい経った頃に、彼に告白された。純粋に嬉しかったよ。〝結婚前提で〟って言葉にして言われたわけじゃなかったけど、彼は私より3コ年上で29歳だったし、お互いの年齢的にも当然そのつもりで付き合いはじめたんだ。30までには結婚したいって、かなり強い意志を持って、私は思ってた。

でも、私が29になっても、彼はなかなかプロポーズしてくれなかった」

〝29〟。年齢なんてただの数字に過ぎないと思っているタイプの女ですら、意識せずにはいられない数字が、これ以外にあるだろうか。「過ぎてから振り返ると大した差はない」と、一足先に30代を迎えた女友達は口を揃えるが、20代から30代への変化は、所詮まだ30年しか生きてきていない女たちにとってはやはりデカい。

何故なら、今まで経験した十の位が変わる誕生日は、たったのふたつ。9から10歳は「エへへ♡」って感じで、19から20歳はちょっぴりセンチメンタルになりながらも「オーイエー♪」ってなノリだった。次に迎えようとしている3度目のターニングポイントは、そのふたつとは色んな面で、比にならない。

結局いつだって、自分の経験値を超えた範囲のことは、どんなに他人に「大丈夫だ」と言われたって、自分自身を本当の意味で安心させることはできないのだ。が、しかし、他人の「ヤバいよ」というマイナスな意見だけは、ストレートに刺さってまんまと不安にさせられるんだから困ったもんだ。

「30までには結婚したい」という女はとても多いし、私もずっとそう思ってきた。結婚だけじゃない。夢だったり仕事だったり、色んなことをバカのひとつ覚えみたいにとりあえず「全部まとめて30歳を〆切にしとけ」ってな感じで、たぶんハタチくらいの頃に漠然とそう決めたのだった。確かに30はキリのいい数字だけど、みんながみんな〝偶然〟そこを自分の人生の節目として設定するわけがない。

「30までには◯◯を」っていう共通認識がこの社会の中に確かに存在していて、それは、「じゃなきゃヤバい」みたいなニュアンス込みで、今も人から人への〝口コミ〟で全国に、ううん、全世界に広まり続けている（海外に住む外国人の女友達の中にも、この〝焦り〟は共通している）。


「もう時間がないよって焦っているのに、受け身で待ってなきゃいけないのがきつかった。プロポーズだけは、自分からするのは嫌だったから。でもある日、思い切って探りを入れるように彼に結婚についてきいてみたら、〝40くらいまでにはしたいかなぁ〟なんてまるで人ごとみたいにノンキに答えたの。ショックだった。〝私は？　私はどうなるの？〟って。私のことなんて何も考えてくれていない彼の自己中さに腹が立った。

そんな状況で、更に私の焦りに拍車をかけたのは、29から30になるその1年間に起きた、結婚ラッシュ。一緒に恋バナしてきた女友達が次から次へと白いウエディングドレス姿で独身から卒業していくのを〝おめでとう〟って見送るたびに、頰が引きつっていないかどうか自分の中で確認しながら、頑張って笑顔をつくってた……。

ある夜、私、ロマンを捨てた。親友の式から戻ったその足で彼のマンションに行って、頭につけたヘッドドレスを外すことも忘れて彼をソファに座らせて、結婚について切り出した。話し合ったの。〝35くらいまでには子供を産みたいし、女性にはそういうタイムリミットがある。あなたも子供が欲しいと思うなら、そして私と真剣な気持ちでつき合ってくれているのなら、結婚は40くらいになんて言わず、私の年齢や家族のことも考えてきちんと籍を入れるべきだ〟っていうようなことを彼に涙ながらに説明したら、ビックリするくらいすんなりと、〝じゃあそうしよう〟ってことになった。

30になる数日前に、結婚式が間に合った。夢だったドレスを着て彼と腕をくみ、チャペルを歩く私の周りには、祝福してくれる大好きな家族に友達。私、心から笑えたよ。人生で一番しあわせな日だった」

式を終えて30歳を迎えたら、「まるで憑き物が落ちたみたいにスッキリした」とLは言う。世の中のプレッシャーに煽られるようにして自ら設定した〝30歳までに結婚する〟というひとつの大きな目標を達成できたことで、「適齢期という呪縛から初めて解かれた。むしろ、解かれて初めて、かなり呪われてたなぁって気づいた感じ」。

しかしそれと同時に、Lはそれまで〝モヤモヤとした焦り〟にかき消されて見えていなかったいろんなことが、クリアに見えはじめてしまった。

「数ヵ月間準備に追われていた式も無事に終わって、引っ越しも完了したら、彼と私、ふたりだけの日々がはじまった。私の結婚に安心した両親も、20代で結婚すると言い続けた私の有言実行に一目置いてくれた女友達も、一切関係ない世界。私と彼、ふたりだけが、新築マンションの真っ白で四角い部屋に残された。

朝はふたりとも仕事に行って、帰ったら私がつくったご飯を一緒に食べたり、時々どっちかが外食してきたり、週末は映画観に行ったり、たまに喧嘩したり、でも仲直りしたり、すべて計画通りの夫婦生活。

でも何かが足りなかった。夢に思い描いていた新婚生活の中にはあった何かが、そこにはなかった」

「え……。もしかしてそれって、行ってきますのチュウとか、そういう新婚っぽいイチャイチャ感じゃないでしょうね？」

ちょっと焦って聞いた私に「まぁ、簡単に言えばそういうことなんだけど」とLは言葉を濁す。〝恋愛と結婚は別モノ〟だと最初から言っていたのはLなのに、結婚を達成した途端に恋愛の要素が欲しくなるなんて。

「それはちょっと都合が良すぎない？　というかすべてが〝Lのしたいこと〟の欲求であふれてて、今までの話からは〝彼〟がよく見えない」

「……うん」とLは小さく頷いた。

「そうだと思う。結婚って目的に向かって暴走していた私は、本当にそんな感じだった。でも、結婚生活の中で私が足りないと感じたのは〝イチャイチャ感〟というよりももっとベースにある大事なもの。〝この人って本当に私のこと好きなのかな？〟って疑問に思ってしまう、彼のそっけない態度だった。でもそれもね、リリが言ったように、自分のことは棚にあげて〝こうしてほしいのに彼はこうしてくれない〟っていう私の欲だったんだよ。

　ゴミ出しのことかなんかで喧嘩になった朝に、イライラの勢いにのって私、聞いたんだよ。〝ねぇ、私のこと好き？〟って。そしたら彼、声を荒らげることなんてめったにない人なのに、〝それを聞きたいのは俺のほうだよ！〟って怒鳴ったの。〝あなたは俺と結婚したかったんじゃなくて、結婚がしたかったんでしょう？〟って。私、何も言い返せなかった……」

　その半年後、ふたりは離婚した。なにも、4年かけてやっとの思いで手に入れた結婚を、その会話のショックだけで終わらせたわけではない。いくら焦りの呪縛から解かれたからといって、急にロマンオンリーを求めて走り出す30女はこの世にいない。

　離婚の直接のキッカケとなったのは、彼との関係に不安を覚えたLが彼のPCの中に見つけてしまった、彼の結婚前の浮気。ちょうどLが結婚に対して最もナーバスになっていた29

の頃、彼はひとりの女と何度か関係を持ったようだった。Lの当初の読み通り（?）、ある意味〝誠実〟だった彼がその女に送った最後のメールは結婚報告。その中に見つけた、Lに対する〝罪悪感〟〝責任感〟そして〝ケジメ〟という言葉に、Lはなによりショックを受けたという。

「私が結婚について持ちかけたあの夜に、彼がすんなり結婚しようと言った訳がハッキリした瞬間だった。なんかもうすべてが〝バッカみたい！〟って思った。心底ガッカリした。誰にって、自分に。そして、メール見たよ、もう離婚しようって切り出したらまたすんなりと、そうしようかって答えた、彼に……」

まるで、のれんに腕押しのような男の反応は、女を何より空しくさせる。自分の手も言葉も何も使わずに、最後まで受け身という態勢のまま女を孤独に突き落とす。それはひとつの大きな罪であるとさえ私は思う。ただ、「この人は私のこと、本当に愛してなんてないんだな」ってその時Lは悟ったというけれど、Lの欲望をすべて受け入れ続けた彼の中にあったに違いない、〝Lを満たしてあげたい＝しあわせにしたい〟という真剣な気持ちも、私にはとても切なく感じられた。

「離婚して、引っ越しの荷物をまとめた最後の夜、結婚式用につくった、ふたりの思い出の写真で埋め尽くされたスライドショーをひとりで見て、声をあげて泣いた。めちゃくちゃ悔しかった。〝30までに結婚〟っていう呪縛にまんまと呪われすぎていた。ロマンを捨てるっていうリアルなやり方を貫くことで、肝心な愛まで一緒に、見失ってしまっていた。だって、出会った頃の写真の中のふたりはちゃんと、お互いに恋して嬉しそうに笑っていた」

顔を両手で覆って泣き出してしまったのは、私のほうだった。そんな悲しすぎるエピソードを、涙ぐむこともなく過去形で語るLの、とてつもない傷を乗り越えて強くなったその姿に、もっと泣けた。

「もし、結婚する前に浮気を知ったとしても、私、絶対に彼と結婚してた。余計に、結婚を急いだんじゃないかな。浮気を許せないという気持ちよりも、彼と付き合ってきた20代後半の4年間を無駄にできないって思いのほうが大きく膨らんで、結婚欲が爆発したと思う。呪われてるって、そういうこと。クレイジーなんだよ。だから、どっちにしても、私と彼は、結婚しなきゃ終われなかった。分かるかなぁ?」

「その感じ、ものすごくよく分かる」と頬の涙を手でぬぐいながら私は言った。

「でも、Lは最初に、共感必至のネタだよって言ってたけど、これを〝分かる〟女は、そう多くはないよ。たとえばハタチの私には、絶対に分からなかったと思う。話として理解はできただろうけど、まったく〝ピン〟とはこなかったでしょ。だって、〝結婚しなきゃ終われない〟ってなんだよ? っていう(苦笑)。それどころか、うわっ、30女ってなんかチョーこんがらがってて、ホント怖いって改めて感じたかも。で、私はあーなっちゃう前に素敵な結婚しようっと、って決意を、改めて固めたかも(笑)」

「た、確かに」と目を丸くしたLと一緒に笑っていると、「あ！　もしかして」私はあることに気がついた。ハタチの私たちの目に映った30女たちの複雑さが、反面教師として私たちに〝30までには絶対に〟って〆切を設定させていたのかもしれない。そして、そういう〆切こそが、あらたな30女をつくりだした。それってなんか、皮肉すぎてウケる。

「リリのエピソードも内容は真逆だけど、分かる人にしか本当には伝わらないって意味では、私と同じ。〝結婚でしかはじめられなかった〟ってなんだよって、ハタチの私なら絶対に思ったはず。離婚も経験した今の私には、ものすごく分かるんだけどね、その感じ」

あぁ、そうかもしれないって私はしみじみと思った。

自分の目が回っちゃうくらい色々あった、激動の20代。自分の頭がおかしくなりそうな焦りだって、強烈だった20代。自意識も欲望もすべてがビンビン絶好調で、うわぁって叫び出しそうだった、愛すべき20代。それらを通して、増えた経験は、財産だ。失敗していろんな傷もできたけど、もしかしたらそれこそが宝物。

男と女って、おもしろいね。謎すぎて、わからないからおもしろいねって昔から笑い合ってきたけれど、年齢と経験を重ねるごとに、男と女の、奥深さにはもう、ため息すらこぼれてくる。

深すぎて、あぁ、沼みたい。

別れの原因

灰色度★★★★☆

犯人が捕まらず、動機も分からない殺人事件は、解決するまでずっと、人を不安にさせ続ける。それと同じような気持ちから、私たちは恋愛の終わりにも、犯人と動機を捜してしまう癖がある。

〝なんで？　どっちが悪いの？〟

芸能人が離婚した時も、友達カップルが破局を迎えた時も、まず、人はそう思う。特に、愛し合っていることが他人の目にも明らかだったふたりの別れは、他人にとってもショックだからだ。実際には、ふたりのことはふたりにしか分からない、なんてことは知っているけれど、それでも聞かずにはいられない。

「えぇ！　なんで？　何があったの？」

そんな時に、人が求めているのは、スッと腑に落ちて〝あぁ、なるほどね！〟と呑み込めるような、分かりやすい理由。たとえば、「彼に暴力を振るわれたから、私から別れた」とか、「私の浮気がバレて、彼に振られちゃった」とか、どっちが悪くてどっちから別れたのか、が明確なもの。そうすれば、「あぁ、そっか。なるほどね」と、他人のものでありながらも自分も脇目で見ていたひとつのラブストーリーは、スッキリと完結する。

〝なんで？　なんで？　なんで？〟

自分の恋愛が終わりを迎えた時、人は自分自身に何度も聞く。何がいけなかったのだろう。どっちが悪かったのだろう。その答えを誰よりも欲しがっているのは、周りよりも、自分自身。この別れを、どう考え、どう感じればいいのか、お願いだから、誰か教えて。それが分からないかぎり、ずっと心の中がモヤモヤしてしまう。一刻も早く、原因を見つけて納得し、消化してしまいたい。だから早く、頭の中で白黒つけたい。答えを探してグルグルグルグル、頭が回る。それについていけずに、心はヤメテと悲鳴をあげる。

別れは、人を、打ちのめす。新しい恋愛の幸せの中にいても、ふとした瞬間にズキズキと痛みだすような、拭えぬ傷を心につける。子供の頃から、何か悲しいことが起こるたびに、私はいつも、深く考えてきた。自分なりにその原因を突き止めさえすれば、心が落ち着くからだ。明確な原因は、人を何より安心させてくれる。私は、半年かけて考えた。涙をいっぱい流しながら、必死になって答えを探した。

でも、見つからなかった。白黒、つかなかった。すべて私が悪い、と自分を責めまくってみたり、彼が悪かったのだ、と怒ってみたり、半年のあいだにいろんな感情が吹き荒れたけれど結局、今も分からない。

永遠にも結婚にも結びつかずに終わった恋だけど、私も彼も、お互いを、ふたりの関係を、大切にしていた。失敗もあったけど、一生懸命だった。ただ、5年半という時間をかけて私たちは少しずつ、違う方向へと育ち分かれていったような気がする。誰のせい、でもなく、自然の流れの中で……。

別れには、犯人はいないし、その原因も、灰色だ。愛し合った相手との恋愛では、ほとんどの場合がそうだと思う。とても上手くいっていたふたりのあいだに事件が突然、ドカンと起きて、その次の瞬間にスパッと別れる、なんてことは滅多に起こらない。

たとえば、「彼に暴力を振るわれたから、私から別れた」とか、「私の浮気がバレて、彼に振られちゃった」とか、他人からの〝なんで？〟に対する答えを出せた場合でも、だ。それらは、別れの原因でありながらも同時に、ふたりの間に少しずつ広がっていったズレが大きくなっていたことで生まれた、結果でもあるのだから……。最初から、白黒ハッキリ、分けられるものなんかじゃなかったのだ。

永遠を信じた恋愛の終わりは、人に恐怖を感じさせる。その原因が、自分でもハッキリと分からないなんて、震えてしまう。

私は、ひとつの愛を失って、ほぼ同時にあたらしい愛を得た。それは、とても幸運なことであった反面、私をものすごく苦しめもした。すぐに結婚し、あたらしい生活の中でかつてないほどの幸せを噛み締める日々の裏で、喪失感と罪悪感が混じり合った深い悲しみとも闘っていた。ひとつ前の恋愛のことで苦しみ続けていた私を、夫は受け入れてくれていたけれど、彼が寝たあとで、ひとりで泣く夜もたくさんあった。体重は過去最低まで落ち、今までにないくらいの肌荒れに悩まされ、はじめて皮膚科にも通った。

でもね、別れから半年くらい経ったある夜にふと、原因も、感情も、すべてが灰色なのに、無理に頭の中で白黒つけようとしてもがき続けるのは、もうやめようと思った。

日付が5月に変わったこの明け方、私がこの原稿を書いている今、元カレは新しい彼女と抱き合って眠っているかもしれない。隣の部屋からは、夫の寝息が聞こえている。

ひとつの恋愛の終わりは、ふたりの心に傷を残したけれど、それと同時に、お互いがお互いの大切な人でありつづける、という素敵な事実をひとつ、残してくれた。もう二度と会うことはなくても、彼が見つけた新しい恋の幸せを心の底から願えば願うほどに、彼も、私と夫の幸せを心から望んでくれていることが、何故だか強く伝わってくる。

人が恋愛の終わりに〝なんで？〟と思わずにいられないのは、理由なくして愛が壊れるはずがない、と誰もが信じている証拠なのかもしれない。

だとしたら、愛は壊れない。恋は終わり、ふたりは別れ、二度と会うことがなくなっても、それはカタチを変えて、静かに流れ続けてゆく。今、私は本当に、そう思うよ。

「みんな同じだよ」と励まし合ってきた
それぞれの道が、ここで枝分かれしはじめた。

Chapter 2.
すれ違いはじめる女たち
We are standing on the crossroads.

1-7-20

盛り下がりはじめたガールズトーク

分かりすぎてシーン度★★★★☆

10代からの女友達と、共にいろんな恋愛を繰り返し、年齢を重ねてゆく中で、20代になった私たちのガールズトークは年々、右肩上がりの盛り上がりを見せていた。

男との関係に、恋愛中の女の心情に、昔よりすこし詳しくなったことで、恋バナを通して共に〝分かり合える気持ち〟が増えたのだ。「あぁ！　もぉ！　それ分かる分かるぅ～！」と膝をブッ叩いて共感し、通じ合えたお祝いに「もうあんたってマジ親友！」と、心でガシッと握手した。

それはもう、いつまでも笑い転げていられるくらい楽しかったし、話のネタなんて永遠に尽きないように思われた。

――しかし、ここにきてまさかの展開だ。〝アラサー♪〟と略してはしゃぐ余裕を失ったリアル30前後の私たちのガールズトークは今、ゆるやかな下降線をたどっている。たとえば、こんなかんじで……。

「転職活動が難航する中で、もういい加減仕事を辞めたくなってきた→転職先が決まらないのもやっぱ年齢が引っかかってんのかなぁ、もうすぐ32歳だし→就活と並行して婚活を開始

↓婚活に力を入れた結果、合コンで彼氏ゲット！↓このまま結婚できるといいなぁと浮かれていたが、それどころか二股かけられていた事実が発覚‼」という激動の数ヵ月について女友達Gが話し終えたあと、女4人のテーブルは一瞬シンッと静まり返った。

昔の私なら「ねぇねぇ、ちょっと待った！」と手をあげて、ここからガールズディベートが始まったことだろう。

「仕事を辞めたいから、結婚して、男に経済的に支えてもらおうなんて考えを女がいつまでも引きずっていたら、社会での女の地位は一向にあがらないじゃない。もちろん今だって、転職が難航している理由には本当に〝女で32〟ってのが関係あるのかもしれない。でも、それを自分に都合良く転職活動を放り出す理由にするのは逃げだよ。採用に有利になるような資格をとったり、まだまだ努力できることはいっぱいあるはず。だって、ねぇ、悔しくないの⁉（涙）」と……。

もちろん今でも、個人的にはそう思っている。でも、それがすべての女にとっての〝しあわせの答え〟ではないのだということも、今は十分に理解している。

それに、価値観自体は違うとはいえ、彼女の気持ちはよく分かる。苦しくて焦って空回っちゃうその感じは、私自身、何度も何度も経験済みだ。だからこそ、〝自分の正論〟をこのタイミングでここに持ち込むなんてことを、私はもうしない。

「でさぁ、色々あったんだけど結局、彼はもうひとりの子とは別れてくれたの。でもなんか、二股かけるような人と結婚前提に付き合っちゃって大丈夫なのかなぁっていう……。もちろんみんなには、やめといたほうがいいって言われるだろうなって思うんだけど、なんせ4年ぶりにできた彼氏だから、そんなすぐには切り捨てられないっていうか……」

今日この場にいたのは、既婚／子持ち・子なし、独身／キャリア志向・専業主婦希望、と見事に四人四色な私たちだったけど、みんながみんな、彼女の気持ちを理解していた。ただこれは、「分かるぅ〜〜‼」と叫びたい種類の共感というよりは、「あ、うん、そういう状況でそうなる気持ち、よく分かるよ」と優しくつぶやく種類のもの。だから私たちは口ぐちに「うんうんうんうんうん」とボソボソつぶやき合ってはすぐにまた、

シーン……。

「まぁ、二股っていっても、元カノだったんだよね。私と付き合うことになってからもなかなか別れを切り出せずに、しばらく二股の状態になっちゃってたみたい。っていうのも、元カノは彼のことが大好きで、別れ話のたびにちょっとおかしくなっちゃう子みたいでさぁ。それにしたってだらしないなって思ったけど、言いづらかった気持ちは分かるっていうかさぁ」

沈黙を破ってそう言ったGに、私たちはまた全員で「うんうんまぁねぇ」とつぶやき合った。だって、Gの言うとおり、彼の気持ちだって、分からなくもないからだ。ってことでまた、

シーン……。

そう。私たちはいつのまにか、分かり合えることが嬉しかった時期を通り過ぎ、今は、い

ろんな気持ちがイチイチ分かりすぎて、もう、なんにも言えなくなってしまったのだ‼

〝ガールトーク〟が急増中

聞く側グッタリ度★★★☆☆

「彼の浮気が発覚したけど結婚はする」
「私が浮気しちゃったけど結婚はする」

おんなじ週にまったく別のつながりの女友達からそのような報告を受けた私は、家でひとり、お風呂に浸かりながら悶々としてしまった。トーク中に色々と思うことはあったけれど、私は喉まで出かかったコトバをほとんど呑み込んだ。それは、浮気をされたけど許したいというキモチも、浮気をしてしまったけど別れたくないというキモチも、彼女たちの置かれた状況を考えれば理解できたからだ。「何かが違うけど結婚はする」と思っていた頃の私と同じで、彼女たちも別れることが何よりも怖いのだから、そのキモチは、すごくよく分かった。でも私が黙っていた一番の理由は、彼女たちがその話し方や表情で、コトバにせずとも私に伝えていた一番のメッセージ〝いいから何も言わないでくれ〟を受け取ったからだ。

そう。こういう場合、彼女たちはただ、黙って話を聞いてほしいだけなのだ。女同士、ぁじゃないこぅじゃないとガチで話し合うことがガールズトークなら、こちらは単数形の、ガールトーク。ひとりが話し、もうひとりが聞く。たったそれだけのことだけど、弱っている女は話を聞いてもらうだけで気がラクになる。

ガールズトークには、エネルギーがいる。いつだって共感し合えるわけではなく、自分が言ったことに対して「そうは思わない」と言われれば、いろいろと意見を戦わせなきゃいけないから。だからこそ盛り上がるわけだけど、自分の恋愛に悩み、既にグッタリと疲れている時、女友達の反対意見までも受け止めるエネルギーなんて残っていない。そんな時、女は女友達の前でひとり、ガールトークがしたくなる。

〝話を聞いてほしいけれど、反対意見は何も言われたくない〟

今まで男に対して向けられていた数々の〝女の矛盾〟。それが遂に、女友達にも向けられる時がきてしまった……。

結婚がからんだ恋愛は、30前後の女たちにとって、どうしようもなくデリケートな問題だ。そんな時、自分の弱った心を守ろうとして高くなったプライドが、今までなんでも言い合ってきた女友達にまで、「何も言わせないように」とがっちりガードする。そんなふうに張り巡らされたプライドという名のガードを挟んで話を聞いている側は、「うん。結局、しあわせって人それぞれだしね。答えなんてないからね」という極論を、シーンとした会話のあいだに何度も何度も、オウムみたいに繰り返すしかなくなってしまう。

（これを言っちゃあもう、ガールズトークする意味すらないんだけどね……。だってこれ、本当に極論であり、唯一の正論だから。この一言で、ほとんどすべてのテーマが、話し合う意味すら失ってしまう）

でも、大切な女友達のガールトークなら、自分のコトバを呑み込み、何時間だって付き合ってあげたい。誰だって心が弱ってしまうことはあるから、こういう時はお互いさま。たまにガールトークに付き合うことは、ベストフレンドの義務といってもいい。

でも、正直、その分の負担だって少なくない。ガールズトークはみんなが口ぐちに言いたいことを言ってみんなで一緒にストレス発散ができるけれど、ガールトークは違う。ひとりがコトバを吐いてスッキリした分、もうひとりはコトバを呑み込んでグッタリするのだ。

たまにならいいけれど、毎回ではさすがにキツイ。そして、もうひとつの問題は、ガールトークを聞く側と喋る側、その役割分担が決まってしまう場合が多いこと。聞く側は、ひたすら黙って聞くことが、どんどんしんどくなってゆく。そして実は、喋る側だって、内心こう、思っていたりする。

「いつも私が悩みを相談する側じゃ、私だけ不幸みたいでイヤになる。あなたも私に、どうしようもない恋の悩みを話してくれたらいいのに……」

なんだろう、この負のスパイラル……。一緒に盛り上がり、共にポジティブになることができたガールズトークが減り、気付いたら、静まり返ったテーブルの上で、相方をもネガティブへと誘い込むガールトークが増えていた。

恋愛、結婚、キャリア、出産。女の人生がリアルに枝分かれしはじめる、30前後。今まで私たちが自分自身に掲げてきた30歳〆切説が自分の首をしめはじめ、心に余裕がなくなってゆく。

女友達のしあわせを素直に喜ぶことができる心のゆとりがないことが、共にお互いのしあわせを願ってきたはずの女友達の足を引っ張りかねないところまで、女の心をジワリジワリと蝕んでゆく。

「うちらアラサー♪」とは笑えないほどにシビアな「30前後」の現状が、私たちの友情のあいだにまで、遂に入り込んできていたのだった。

ハタチの男①

アラサー姐さん、パねー度★★★★★

２００８年10月17日 金曜日
11：50ｐｍ 六本木

私たちアラサークラバー女はいつものように、カフェバーに集まった。

恋人にそろそろ結婚したいという意思表示をした途端、「○○できるようにならなきゃ結婚してやらない」と、ことあるごとに亭主関白な〝上から目線〟スタイルで説教され続け、あまりのストレスから突発的に浮気してしまったばかりのＳ（当時28）。

すでにバツ２の恋人に、自分との結婚の意思があるのかどうかも分からず、彼との灰色の未来に不安を抱きながらも、それを解決するための時間もないくらいに日々仕事に追われているＫ（当時30）。

そして、恋人との未来に〝熟年離婚〟という渋すぎる四文字熟語が見えてしまったにもかかわらず、〝結婚〟する意志を固めてスッキリしていた私（当時もうすぐ27）。

私たちは、それぞれのダークな面について詳しく語りあうことはあえてせず、カクテルをちびちび飲んでいた。「ね、これからどうする？」「私は踊りたい」「えー、だってどの箱？　行きたいクラブが最近ないよ。スパ行こうよ、腰痛い」「うーん」「うーん、これからどうしよっか」「…………」

恋愛、夜遊び、ガールズトークに明け暮れ続けて、アラウンド30。すべてがマンネリしはじめた私たちは黙ってそれぞれ、未だにやめられぬタバコにシュポッと火をつけた（絶賛依存中）。

プハーッ。3本の白い煙だけがゆらゆらと揺れはじめたシラケた空間に、私の携帯がピロリロ鳴った。たまにイベントに誘ってくる年下の男友達M（当時20）だ。

「もしもし、リリさん？　何してんの？　俺たち今4人で六本木いんだけど。てか実はさ！今夜！　俺、クラブのゲストとれるんだよね!!　入れてあげよっか？」

Mの声はフライデーナイトらしく軽く明るく弾んでいた。ゲストがとれる、というだけでこんなにもはしゃぐことができる彼の無敵な若さに私は、「…………」。

が、「え、ハタチ？　イケメン？　どうせやることないし行こうよ、てか、ここに呼ぼうよ」というSとKの希望で、私たちは合流することに。

カフェまでの道を何度説明しても理解されず、しまいには六本木ヒルズの場所まで分かっていない様子のMに、私は苦笑を通り越して半ばキレそうになりながら（性格悪い度★★★

☆☆)、待つこと約30分。

Mが男友達①、②、③を引き連れ、到着した。

「姐さんたち、いくつなんっすか？」「まじ、姐さんたち大人っぽいんすけど！」「姐さんたちもこれから俺たちと一緒にクラブ行くんすか？」ハタチの男①、②、③。

そ、そりゃもろもろマンネリしてきたし、仕事で疲れて腰だってイタイわけだけど、まだまだ青春の中を生きている私たちは、彼らによる突然の〝姐さん攻撃〟に面食らった。ので、適当にスルーしながら（性格悪い度★★★★☆）、ぼちぼちガールズトークをはじめてみた。

浮気をしてしまった経緯について、Sが私とKに話し始めると、ハタチの男たちが思いっきり食いついた。

「えっ！！！　姐さん、浮気とかするんっすか？」

あぁ聞いてたの、とでも言うように、「するってか、した」とSがシレッと答えると、ハタチ①が、「すげぇ」とため息まじりに呟いてから、突然大声で、

「めっちゃセクシーなんすけど！！！」

「ふぇ?」そのことでさんざん涙を流したこともあるSの目が、見事に点に。そして次の瞬間、私は見逃さなかった。Sの口が、気分良さげにハニカんだのを(笑)。

「だってだって、俺たちの周りの女で、そんなこと堂々と言う子いないよな。姐さんたちかっけーっす」

なぜかとても真剣に私たちのことを褒め殺すハタチ①、②、③に、私は首を横に振った。

「いやいや違うよ。恋愛対象に入る男を前に浮気したとか堂々と言っちゃう女はいないよ。うちらは、君らが恋愛対象に入ってないから言ってるだけ(性格悪い度★★★★★)。そもそも浮気って全然かっこよくな……」

私の言葉が終わる前に、ハタチ②が深く頷いた。

「なるほどっ!! その強気なアティチュードめっちゃ痺れるっす!!」

「ふぇ?」なんかよく分かんないけど、うーん、悪くない(笑)。ハタチの男たちに無駄に絶賛されてる、アラサーのうちら、全然、悪くない(喜)。

「姐さんは、彼氏とかいんすか?」

ハタチ③が今度はKに質問をした。

「ん、いる」「そりゃそうっすよね。やっぱ、年上っすか?」「うん、年上。44だよ」

ハタチ③の目が、丸くなった。そして、

「俺のオヤジとタメじゃないっすか！！！！　姐さん、どんだけハンパないんすか！！！」

「っ‼（驚）」ポカンッと口をあけたKに、私とSは爆笑噴火！

それからすぐに私たちは会計し彼らと共にクラブへと向かったが、おごってあげて「ハンパねー」、歩ける距離のタクシー移動に「ハンパねー」、クラブの入り口付近からすでに知り合い多くて「ハンパねー」と、私たちはハタチの男たちによる謎の称賛の嵐の中にいた（笑）。

〈つづく〉

ハタチの男②

あざっす度★★★★★

「いやー、ホストいらずだね、これ」と気分絶好調になった私たちを置いて、ハタチの男たちはクラブに入るなり、ハタチくらいのカワイコちゃんをナンパするためにそそくさと人ごみの中に消えていった（アレ？）。

そんな彼らの背中を見つめる私たちは、なぜか遠い目。

「イイコだし、カッコイイし、それこそ私たちが10代だったら間違いなく恋愛対象に入っていただろう、ハタチの男たちじゃない？　それが、今の私の目には、コドモにしか映らない。こういう時だよね、もうミソジなんだなーって、実感する。当たり前っちゃ当たり前だけど、私としては20代の続きを生きてるだけだし、特に実感することもあんまりないからさ」

Kの言葉に「ちょっと〝ミソジ〟ってやめてよぉ。その響きが嫌。30って言って」とお願いしてから、「コドモっつか、ヒゲ生えた赤ちゃんにしか見えない」と私は言い切り（失礼度★★★★★）、私たちはなんだかちょっぴりセンチメンタルな気持ちで、同時にプハーッとタバコの煙を吐き出した。

コドモ。なにも、バカにしているわけじゃない。ただ、自分が10代の時に背伸びをして見上げ、憧れ、恋をした〝年上のハタチの男〟を今、30近くになって冷静に見てみると、彼らのあまりのコドモっぽさに驚いてしまう。そして、いつのまにか彼らの目に〝年上のミソジの姐さん〟として映るようになっていた自分には、もっともっとビックリしてしまう。

その時はじめて、私たちは自分たちが着実に年齢を重ねてきていることを実感する。だって、ハタチから約10年が経った今、オトナになった部分はもちろんたくさんあるけれど、今もなお独身で子供もいない私たちの生活スタイルは、当時からそう変わっていない。

一足先に30になった女友達は〝20代の続きを生きているだけ〟と言った。確かに、いつもの女友達と、いつもの遊びに、いつもの恋バナ……。

でも、ほんとうに？

表面的には何も変わっていないように見えるけれど、当の自分たちでも気が付かないくらい、すこしずつ、ゆるやかに、私たちがこれまで何よりも大切にしてきた、そんな〝いつも〟も実は、ちょっぴり切ない変化をたどっている。

そしてそれは、人生に劇的な転機が訪れた瞬間に、ドカンッとそれまでの歪《ゆが》みをあらわにする。

私はこの数日後、それを痛感することになる……。

「あ、もしもしリリさん？　久しぶり！　今夜もさー俺、ゲストとれるんだけどー、何してる？」

あのハタチ祭りの夜から約2ヵ月、相変わらずの〝フライデーナイトノリ〟なMから電話がかかってきた。

「今ねーダンナさんといるからクラブはいいや」と答えた私に、Mがひっくり返るくらい驚いたのは無理もない。「ダンナって!?」とビビるMに私は答えた。

「この前クラブ誘ってくれてありがとねー。あの夜出会ったヒトと私、結婚したんだ。正確にはあれから4日後に結婚したんだけど、籍は昨日入れたの」

「はい？　意味わかんないんすけど」

「うん。ま、事実婚でいこうかとも思ったけどそれはあんまり性格的に向いてなかったから、籍も入れたよ」

「いや、そういうことじゃなくて」

「え？　あー、うん。急だよね。でも結婚せずにはいられなかったんだもん」

「姐さん、パねーっす！！！！！！！　まじリスペクト！！！！」

「だろ？　パねーだろ？」なんて言って笑った私だけど、そんなハンパじゃない大変化に痛みが伴わないはずもなく、信じられないくらいにしあわせな一方で、とんでもなく落ち込んでいた。

だから、あざっす、ハタチの男。あんたのその軽いノリに、一瞬だけどたまらなく癒されたわ（泣笑）。あの夜の出会いから、私の人生、マックス激動期！

女と女

中学時代に逆戻り？度★★☆☆☆

「リリの結婚話を聞いて、ぶっちゃけ、ショックだった。ごめんね。おめでとうって気持ちよりも、自分の問題にすり替えて、動揺しちゃった。そういう出会いが実際にあるのなら、それを待つべきなんじゃないかって。そう思わされたことが、ショックだった。でもね、色々考えた結果、私は、なんか違うって思いを呑み込んで、今の彼と婚約するよ」

二股ではじまった恋について悩んでいた、既出の女友達Gが、私に言った。正直な気持ちで、自分の決断を、私に教えてくれた。

自分でも予期していなかった、突然の結婚だ。周りに理解し祝福してほしいとまでは思っていなかった。でも、私が心から「このヒトしかいないと思ったから」「大丈夫だから」と言っているのに、一部の女友達が、私を心配しているような振りをして、陰でコソコソ話し合っていたことには、腹が立った。その裏にある彼女たちの感情に、傷ついた。親友同士がライバル同士と化してしまう女の友情から、私たちはとっくに卒業したはずだった。それなのに、〝結婚〟というステップを前に、まるで中学時代に逆戻りしてしまったかのような女の友情が、悔しかった。

だから、Gがこうして面と向かって、正直な気持ちを伝えてくれたことが、私は嬉しかった。「だって、私は私。リリはリリなんだよね」と微笑むGに、私は深く頷いた。ほんとうに、そう。人、それぞれのカタチがあるんだよ。人は人。自分は自分。

でもね、女と女、縁があって出会い、友達になって、女同士の距離が近くなればなるほど、分かり合えることが増えれば増えるほど、いつの間にか私たちは「うちら」という言葉を使って、「私たちは一緒」だと、洗脳し合ってきてしまったのかもしれない。「ひとりじゃないよ、みんな同じ」だよと、慰め合うようにして。

〝違い〟を受け入れ合うことが大事だと、口では言いながら、自分の男との〝違い〟には〝愛〟という言葉を使って、寛大になり過ぎてしまったりもするのに、どうして女友達とは〝同じ〟でいたいと、ここまで強く思うのだろう。「うちら」という言葉で、女友達を、縛りたがるんだろう。

「不安になったんだよね。私とは違うリリの決断に。私は、大丈夫かな？って」とGは言った。

「うん、分かる」と私も言った。誰もが、しあわせになりたいって思ってる。でも、しあわせのカタチはひとつじゃない。だから、自分の進む道、選ぶ道が正しいのかどうか分からなくって、怖くなる。「それは、私だって同じだよ」そう言ってから、まるでガールズトークの悪い〝クセ〟のように、自分の感情を彼女に合わせすぎて、また〝同じ〟だと言ってしまった自分にハッとした。

「でも、この結婚に関しては、迷いはまったくなかったの。もちろん、はいこれでハッピーエンド、私は幸せになりました、だなんて思ってないよ。ここからが、スタートだから。ただ、これが私の求めていたカタチだって、迷いなく思ってる」

勇気をだしてそう言い切った私に、「くぅーっ、ムカつく！」と笑ってから、Gは言った。

「私は正直、今でもちょっぴり迷ってる。でもね、彼女がいることを私に隠して私とつき合って、その後も彼女に私の存在を話さずに2ヵ月も二股状態を続けていた彼の過去は、許すことにした。許すことを決めたからには、もう二度とその話題を持ち出さないよ。どっかに書いてあったのよ、それがコツって。だから、彼といい関係を築いていけるように、これからもっと頑張るの。

あ、あとね、これをリリに伝えたかったんだった。仕事、辞めないことにしたから！　転職は難しかったけど今の会社でもうちょっと頑張って、資格をとって数年後に再チャレンジする！　仕事まで放り投げて、すべてをひとりの男に賭けるのは、やっぱどう考えたってリスキーすぎるもんね♡」

そう話したGの表情はとても明るくて、彼との関係も既にいい方向に向かっているようだった。だから私は、あえて聞いた。

「迷いがあっても、今、結婚したいと思う理由は?」

「それは、私が今、彼と、結婚したいって思ってるからだよ!」

「っ! そうだよね!」

ストレートな彼女の答えに、私は目を丸くした。

「リリだってそうでしょ? 結婚したいと思ったから、したんでしょ?」

「うん、もちろん。それだけだよ」

なんかおかしくって、自分たちの結婚に対する〝同じような〟衝動に、私たちはアハハと笑った。


これまでも私たちは、〝同じような〟経験に、〝同じような〟涙を流し、そのたびに「分かるよ分かるよ」と口にすることで、お互いを救い合ってきた。でもだからって私たちは、〝同じ〟運命を共にする仲間ってわけじゃない。私たちはそこを、混同しちゃいけない。

それぞれの人生は、自分の足でしか、歩いていけないもの。

だって、まったく〝同じ〟は、ありえないから。特に、これからの長い人生の中で、お互いの人生が同じペースで同じ方向に進んでゆくことなんて、絶対にありえない。たとえ同じ時期に結婚することになったって、専業主婦になる友達と働き続ける私とでは、結婚のカタチだって違うだろう。その上、どちらかに子供ができたりすれば、それぞれの人生はどんどん別の方向へと、枝分かれしはじめる。

男と女は、別れない限り、どこまでも道連れだ。永遠を誓ったその瞬間から、同じ枝のほうへと、ふたりで共に歩いてゆく、いわば運命共同体だ。じゃあ、女友達は？　これまでは、同じ独身同士、恋愛をして最愛の男を見つける、という〝同じような〟野望に共に燃え、まるで家族のように寄り添ってきた、女友達は？

仕事、結婚、出産、とそれぞれの人生のバックグラウンドがどんどん変わってゆく中で、女と女の永遠は、ありえるのだろうか。私は、考えてしまった。

女と女と女と女

グループのキケン度★★★★☆

「ねぇ、この中で誰が一番最初に、カレシできるかなぁ？」「ファーストキスするかなぁ？」「セックスするかなぁ？」「結婚するかなぁ？」。別に、早けりゃいいってわけじゃないことくらい、ちょっと背伸びをしてそんなオマセな会話をはじめた頃から分かっていた。でも、女同士、グループの中での盛り上がる会話のひとつとしてね、私たちは昔からよく、そんな話をしてきた。

「きっと○○ちゃんは早いよぉ」と言われた子は、まるで〝カワイイ〟と褒められたかのように「えぇー」と大喜びで笑い、「遅そう」と言われた子は、まるで〝ブス〟とでも言われたかのように「なんでよ」と頬をふくらませた。それはもう、今から20年も前になる、小学校高学年の頃からだ。

恋愛は私たちの会話の中で最もホットなトピックで、恋愛で私たちは知らず知らずのうちに自らを順位付けして遊んでいた。

そう、そんなのは、ただの遊び。ヒマをつぶすためのオバカな会話の中の、ただのひとつのアホな話題。勝手に色々予想して、キャッキャ言い合って、それでおしまい。

でも、いつだってそんな会話は、そこでおしまいなんかじゃなかった。

小学生から、中学生になった。「ねぇ、○○ちゃんカレシできたってね」「なんでだろう、○○ちゃんってそんなにカワイイかなぁ?」グループみんなで〝親友ごっこ〟をしているはずなのに、その中の誰かがみんなと「同じ」でなくなった途端、その子がいないところでひっそりと、そんな会話がささやかれはじめた。

「○○ちゃん、キスしてからちょっと変わったよね」「なんか大人ぶっちゃってちょっとイヤな感じかも」。初カレから初キスへと、ひとりで恋愛経験値をグレードアップしちゃった子に対してのそれはもう、それは立派な陰口で、そんな陰険なトピックは、「あの子は違う、でも私たちは同じ」と、その子以外のメンバーの〝親友ごっこ〟をグッとホットに盛り上げる。

中学生から、高校生になった。「ねぇ、〇〇ちゃんだけまだバージンだね」「カレシもまだいたことないもんねぇ」。恋愛の経験値が高い子を攻撃していたところから一転、今度は低い子を仲間外れにするような陰口へと変わる。要は、グループの子たちと常に同じような〝恋愛ステータス〟を持っていることが仲良くするための条件で、そこから大きく外れてしまうと、どうしようもない疎外感を感じるハメになる。

陰口を叩かれている子だけじゃない、というか、回りまわって誰もが、陰口を叩いているし叩かれている状態だ。ガールズは焦る。「みんなにカレシができはじめた、私も早くつくらなきゃ」「みんながセックスしはじめた、私も早く体験しなきゃ」。

ドキドキするような恋がしたい、素敵なカレシが欲しい、ロマンティックな初体験を迎えたい。ガールズが共有していたそんな〝同じような〟夢は、いつの間にか他のガールズと〝同じような〟スピードで、クリアしていかなきゃいけないタスクと化した。

あー、くっだらねぇ。バッカみたい。そういうの私、ダイッキライ！

ここまで読んで、そう叫ぶ女は、多いだろう。私自身、そういう女同士のドロドロした足の引っ張り合いは、死ぬほど苦手！　常に嗅覚を利かせ、そういう〝匂い〟のする女からは、常に一線を引いてきたつもりだ。

……でも、でもね。そういうのってくっだらねぇと〝叫んだ〟り、苦手の前に〝死ぬほど〟をつけているあたりで、私たちだって十分にキケンなのだ。自分という女の中にも、そういう〝匂い〟が湧いてきてしまう時があることを、実は誰よりも知っているから「私はそういう女とは絶対に違う！」と声を大にして言いたいだけだ。

だって、誰だって、仲間外れは、イヤだ。ガールズトークの話題が、カレシから、初キスから、セックスから、結婚へと流れていった今だって、〝周りの友達みんな〟が結婚していく中、〝私ひとりだけ独身〟という状態になれば、誰だってちょっとビビる。人は人、自分は自分だと頭では分かっていても、心は焦る。どんなに大人になったって、その辺の神経が子供の頃より図太くなるというわけじゃない。

でも、ガールから女へ、ここまで成長してきたあいだに、私たちはもう学んだはずなのだ。〝周りの友達がみんな〟とか〝私ひとりだけ〟なんていうのは、とっても狭い世界、つまりはグループの中だけに存在する、幻想だってこと。〝仲間〟という名のグループが存在するから、必然的に〝仲間外れ〟が生まれる。それだけのことなんだ。

30前後。10代、20代と、今までずっと〝同じような〟状況にいた女友達の人生が、少しずつ、でもキッパリと、枝分かれし始める。たとえば、4人でツルんできた女たちの中の、3人が結婚という枝に進み、自分ひとりが独身という枝に残されたら、誰だって不安になるだろう。本当は、人の数だけ枝があり、同じ枝の中にいる仲間なんて誰ひとり存在しやしないのに、自分ひとりだけが〝仲間外れ〟になってしまったかのように錯覚してしまうから。

ねぇ、グループって、まだ必要？

SATCに見る、女グループ

フィクション度★★★★☆

30を越えて、40代、そして50代、と年齢を重ねる中で、まだグループでツルんでいる女たちがいる。

〝4人で仲間〟が、暗黙のルール。それ以外の友達と会うことはあっても、グループの中に入れることは絶対にしない。結婚、出産、仕事、とそれぞれの人生のバックグラウンドがどんなにズレていっても、新しい親友はつくらない。

ずっと4人。いつだって4人。

ナニそれ、そんなのナンセンス、と思うかもしれないけれど、彼女たちのそんな関係こそ、世界中のオンナたちがココロの底から憧れる、女の友情のカタチのようだ。

キャリー、サマンサ、ミランダに、シャーロット。恋愛や結婚に対する価値観はもちろん、歩んでいる人生だってまるで違うのに、ずっと親友でいられる、SATCの4人組。

私たちは、こんなにも胸を熱くして、彼女たちのナニに憧れているのか。それは、彼女たちの足元のマノロなんかにじゃなく、彼女たちが突き進む〝女同士の永遠〟道に、だ。マノロなんて誰だって、頑張りゃ買える。でも〝女同士の永遠〟は、頑張ったからって、そう簡単に手に入るもんじゃない。

そして、30～50代（まだ想像つかない！）と、お互いの人生が、枝分かれに枝分かれを繰り返しまくり、共通の話題がどんどん減ってゆく中で、週に一度の全員集合ブランチと、常に新鮮さをキープしたガールズトークが約束された〝女グループの永遠〟とくれば、それはもう、ハッキリ言って奇跡に近い。

だって、もし4人が現実の世界にいたとしたら、独身主義者のサマンサはハリウッドにて、新しい友達とパーティに繰り出しただろうし、専業セレブママのシャーロットは、アッパーイーストサイドにて、新しいママ友とお茶をしただろう。そして、同じママだからこそ、家族のためにブルックリンに引っ越した大黒柱ママ、ミランダとシャーロットとの〝違い〟は話せば話すほどに浮き彫りになり、自然と距離ができたかも。

一方、グループのリーダー格であり、結婚しても子はつくらずに自由な時間を持つキャリーは、3人とそれぞれサシで親友関係を保つかもしれない。でも、〝4人で仲間〟のガールズ会は、解散することはないとしても、半年に一度、1年に一度、2年に一度、と間違いなくその頻度を落としていったはずなのだ。

もちろん、彼女たちの友情の在り方は私たちに、〝自分との違いを受け入れて愛すること〟の何よりの大切さを教えてくれる。それこそがSATCのメインテーマだと言っても過言じゃない。でも、だ。出会ってから20年近い時間を経て、4人が選択した人生はまったくバラバラなのに、4人の経済レベルにそう大きな差が生まれなかったことも、超激レアケース。金なんて、友情に関係ない？　それは、1対1、サシの友情ではそうだ。でも、仲間のうちの3人が超リッチな中、メンバーのひとりだけが貧乏になれば、メキシコへ、（ホテルとジェット代は大富豪のおごりとはいえ）アブダビへ、ゴージャスな旅行に、そう何度も4人そろって、いけるだろうか……。

そう。SATCはフィクションだ（そこがいい！）。めちゃくちゃリアルなエピソードの中につくられた、最もリアルから遠い友情のカタチを描いた物語（最高だ！）。SATCのそんな巧妙なカラクリが、私たちの胸を「いいな！　ステキ！　羨ましい！」と、火照らせる。男との永遠を夢みたり、端《はな》っからそんなもん夢見なかったりしながら、オトナのオンナ4人が、永遠に仲間でい続ける。

私たちは〝そこ〟に、夢をみる。だって、ゲンナリするじゃん。もし、あの4人が解散して、それぞれに自分と〝同じような〟枝にいる、別のグループとツルみだしたりしたら。ねぇ？でしょ？（涙）

「人生の分岐点で、女友達の清算はマスト」という齋藤薫さんのコラムを読んだハタチの頃、オトナのオンナの世界はなんていちいちグロイんだ、とガッカリしたことをよく覚えている。もちろん、当時からその内容はものすごくよく理解できた。だからこそ、怖くなったのだ。

そんな頃に観はじめたのが、SATCだった。世代も国境も超えたオンナ同士、共感できるリアルなガールズトークにハマったのはもちろんのこと、オトナのオンナたちの、無邪気で純粋で、とても真剣な友情に心底憧れた。まるで自分が、彼女たちの5人目の仲間かのように、身を乗り出してその世界に入り込んだ。

でも、今、もし仮に私が、彼女たちに「5人目の仲間としてグループに入らないか」と誘われたとしても、迷うことなく「ノー・サンキュー」だ。

会いたいと思う。友達になってもらえたら嬉しいと思う。5人でガールズトークなんて、できたら最高だ。でも、〝5人で仲間〟みたいな絶対的な関係は、やっぱり、どうしたって、ムリがある。

BEST FRIENDS FOREVER

なくしてしまったハートの欠片度★★★☆☆

ふたつに割れた、ハートの形の、ネックレスチャーム。

そこに刻まれた、ふたつでひとつの、メッセージ。

〝BEST FRIENDS FOREVER〟

約20年前、私が小学生の頃に、当時住んでいたNYで大流行していたベストフレンドネックレス。まるで、永遠の愛を誓い合い、おそろいの指輪を左手の薬指にはめる男女のように、永遠の友情を誓い合ったふたりの女の子は、首におそろいのネックレスをつけていた。

まぁ、なんて可愛いの！　そんな私たちを見てオトナたちは微笑んでいたけれど、そのネックレスが運んでくるモンダイはいつだって、オトナの女顔負けのドロッとしたものだった。

あのコとこのコは親友同士。私だってあのコとネックレスをしたかったのに。え、うそ。あのコ、私があげたネックレスを外して、違うコと新しいネックレスをしてる。フンッ！　仕方ないじゃない、私は今は、このコと親友なの。ねぇ、◯◯ちゃん、アイラブユー。私たち、ずっとベストフレンドだよ。私以外のコと私以上に、仲良くなんてしないでね。

小学5年生。カラダはまだ女の子な私たちを悩ませた、もう立派に女な、嫉妬と束縛。自分の親友に対する強すぎるほどの執着はまるで、オトナの女が自分の男にするソレにそっくりだった。もう親に甘えられるほどにはコドモじゃなくて、でも男に甘えられるほどにはオトナじゃなかった私たちは、持て余した〝愛〟の欲求を、女友達にぶつけていた。

いつか私たちにも、男ができる。もちろん、私たちはそのことを知っていた。あぁ、そうか、親友がひとり、恋人がひとり。自分にとって最も大事な男と女、それぞれひとりずついれば、素晴らしい人生のできあがりなのかもしれない。

親友と分け合ったハートのネックレスを首に下げ、まだバージンな左手の薬指をかざしてはソコに未来の指輪を想像し、そんな風に考えていた、私のプレティーン時代。

欲しいのは、親友と呼べるひとりの女に、恋人と呼べるひとりの男。人生の中にふたりを持つことで、私が解消しようとしていたのは、自分の寂しさ。避けようとしていたのは、ひとりぼっち。

ダレといようと、自分の中の孤独としっかり向き合うことこそ人生なのだと、オトナになった今なら分かる。相手が男でも、女でも、そこは同じ。そして、大好きな女友達への感情はどこか、男への恋愛感情と似ていたりもするけれど、男との恋愛関係と、女との友情関係には、やっぱり大きな違いがある。

他の女を愛さないで、と強く激しく思わずにはいられない男との関係には、必然的にクレイジーな縛りが生まれてしまうけれど（男と女が愛し合うってそういうことだと思う）、女友達とは、もっと冷静で、マトモな愛の関係を、築くことができるって思う。避けるべきは、女同士の、束縛だ。

〝親友〟とか〝仲間〟とか〝永遠〟とか〝約束〟という強いコトバを使って、女友達を自分の人生に固定しようとしては、ダメなんだ。だって、たとえそれがひとりの親友でも、4人の仲間でも、一緒にいてほしいと思う女友達を、自分の人生に画ビョウでシッカリと留めるようにして円をつくることには、ムリがある。

しばらくのあいだは、とても温かく思えるその場所も、それぞれの人生が流れてゆく過程において、ガッチリと固定されたその円の中は、次第にフツフツと煮詰まってゆくからだ。

男と女、〝お互いだけだよ〟という約束を交わす1対1のガチな関係に、女友達という風通しが必要なように、女と女の友情にだって、〝お互い以外の友達〟という存在が必要だ。

人生の流れにそって、新しい友達ができたり、昔からの友達と離れたりするのは、むしろとても自然なこと。今までも、私たちは何度もそれを繰り返してきた。ただ、そこには〝クラス替え〟や〝卒業〟という、全員がゴソッと入れ替わる行事があったから、そう悩むことなくそういうものだと、私たちは変化を受け入れてきた。

結婚や出産、仕事などでそれぞれの人生が枝分かれし始める、30前後。〝女友達の清算期〟なんて言われるとビビってしまうけれど、この変化は実は、そんな学校行事と変わらないくらい必然的なものなのかも。

でも、そこに伴う胸の痛みは、かなり違う。目に見える行事のチカラを借りずに、自らの手で、女友達とのあいだに距離を置いたり置かれたりするこの変化は、心に、これまでのそれとは比べものにならない、切なさと悲しさ、寂しさを感じさせる。

オトナになって、色んなことが見えてきた。女友達と〝お互いだけだよ〟という親友の誓いを結ぶことや、〝うちらで仲間〟とグループを組むことを、私は高校卒業と同時にピタリとやめた。

これからも、仲の良い友人同士で集まってワイワイ楽しむことはあっても、ひとつのグループに属するというカタチをとることは、もう二度としないと思う。女友達とは常に、1対1で、お互いの自由の上に成り立つ、深い関係をサシで築いていきたいからだ。新しい出会いも古くからの縁も、どちらも大切にしていきたい。

うん。私は今、心からそう思っている。でも、消すことはできないよね。そんな風にオトナになった、自分でも時々イヤになるほど器用になった今の私の中にもまだ、オンナノコだった、あの頃の自分は確かにいる。

夫がくれた指輪を左手の薬指にはめた私は、時々、とっくになくしてしまったハートのネックレスを思い出す。

BEST FRIENDS FOREVER。他のコと仲良くされたらイヤだと思うほどの自分勝手な愛情と、まったく同じようなスピードでお互いの人生が進んでゆくなんていう無謀なことを、本気で願うほどの執着ぶり。

もうそこには戻れないけれど、あれはあれで美しかったと、今の私は、ほとんど泣きそうなキモチで思っている。

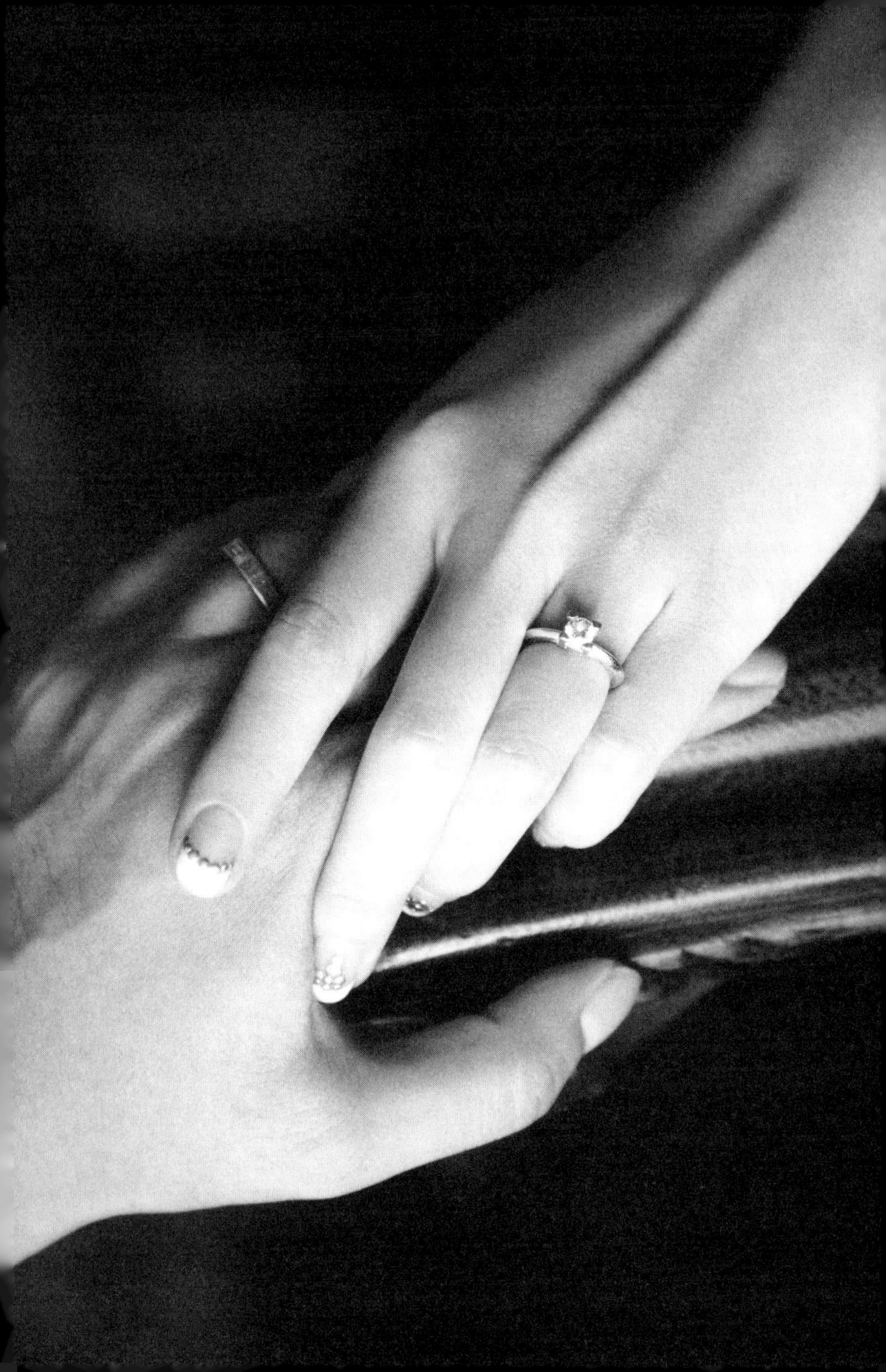

〝運命の男〟って本当にいた。

誰より信じていたはずなのに、

一番驚いていたのは、自分だった。

Chapter 3.

永遠を誓うということ

I'll love you forever & ever...

運命的な出会い　求めていない、その時に……度★★★★★

２００８年10月17日　金曜日
深夜　六本木

いつものクラブのフライデーナイト。どっかいったハタチの男友達と、そばにいるアラサーの女友達と、私はいつものＨＩＰＨＯＰ箱の中にいた。そんな日常もキャリアも恋愛もすべて含めて、私は自分の人生を愛していた。やっと、心からそう思えるところまで、自分で辿りついた時だった。モヤモヤし続けていた恋人との関係も、そのままを受け入れるという結論のもと腹をくくり、やっとスッキリしていた時だった。

私の心は、人生で初めてかもしれないくらいに、未来への欲ではなく、今への感謝でいっぱいだった。だから本当に、もう、何も、求めてはいなかった。

そんな夜に、彼は突然あらわれた。私の人生の中で欠落し続けてきた〝女としての自信〟をくすぐるような甘いセリフと共に、とても真剣に、私の人生の中にあらわれた。

深夜０時から、あっという間に１時、２時、３時。サビからサビへと、曲の一番オイシイところを贅沢に素早く繋いでゆくＤＪに、「キタねこの曲、あぁキタこの曲、やっぱりキタか次この曲」と、私たちは休む暇もなくぶっ通しで踊らされ続けていた。

途中、何度かバーカウンターにチョコチョコお酒を買い足しに行く時に、チラチラと、私のほうを振り返って睨んでくる男がいることに気が付いた。彼の視線を受けた私は、あぁなんかこの人、私のことがウザいんだろうな、と反射的に思ってすぐに、私は彼から目を逸らした。

こういうのって、被害妄想、なのかもしれない。でも〝私は男に好かれるタイプじゃない。むしろ嫌われるタイプだ〟というセルフイメージはもう、自分の中でしっかりと根を張ってしまっている。男子には嫌われ、女子には好かれる。今でこそこれが〝Ｌ・ｉ・Ｌｙの作風〟みたいになっているけれど、このスタイルはむしろ私のライフスタイルなのだった（苦笑）。ってダメじゃん、私、自分に、全っ然酔えてないっ‼

私はバーテンダーから受け取ったばかりのレッドアイをグビグビ飲みながら、フロアに戻って、巨大なスピーカーにはりついた。爆音で邪念を吹き飛ばして踊るのだ！

あっという間に、３時から４時。フロアの盛り上がりを最高潮へと導いたバンギンビートのダンスチューンから、踊れるＲ＆ＢへとＤＪがゆるやかに曲調をシフトしはじめた。まだまだ熱気に包まれるダンスフロアの端っこで、額からタラタラと流れ落ちてくる汗を手でぬぐいながら、私も踊り続けていた。露出した肌に汗を光らせる女友達は美しく、私は彼女とクネクネからんで踊っていた。

そうよ、私は男からは愛されにくい女でも、常にたくさんの美女に囲まれている人生よ。いっそレズになったら最高かもしれないわ。そんなことを思いながらひとりでアガっていたら突然、「めちゃくちゃカワイイ」と誰かに言われた。

私は、汗で流れたマスカラとアイライナーが目の下を黒くしているだろう、どうしようもない明け方の顔で、声のほうに振り返った。そこには、一晩中チラチラと私のことを振り返っては睨んでいた男が立っていた。なんだ、嫌われてるんじゃなかったんだって、ちょっと驚いた。背の高い、フードかぶったヒゲのイケメン。同じ年くらいのフリーターだろうな。

それにしても、私に声をかける男って、いつだってフリーター。ま、場所も場所だしな。って、彼も私のこと、フリーターだと思っているだろうな。

そんなことを考えていると、彼はもう一度私に、こう言った。

「めちゃくちゃカワイイから、目が、離せないから、ここで踊ってるの見ていてもいい?」

え!? なにこのヒト、イイコト言う!(嬉)私のテンションは瞬時に最高潮までブチ上がった(笑)。いいよいいよー! どうぞ勝手に見ていていいよー(↑!)。にやける頰は隠すこともなく、でも彼と話をするでもなく、私はすぐに女友達のほうに向き直って踊り続けた。〝モテない〟のは本当だけど、男に〝カワイイ〟と言われることくらいはある私だ。ただのナンパでしょって、この時はまだ、思っていた。

日が昇りはじめてもまだ、深い夜を引きずる、ダンスフロアの早朝4時。

巨大なスピーカーが、会話を許さぬ爆音で、ダーティーサウスのスイートチューンを流していた。その横にある銀色のスチールチェアに腰掛けて、彼はずっと私を見つめていた。ドキドキしてしまうくらいの熱いまなざしを背中に感じながらも、私は女友達と見つめあって踊っていた。

T-Pain〝Buy You a Drunk〟からの、Pretty Ricky〝Your Body〟。踊り慣れた激甘フローに腰をゆらしながら、私は全身がとろけてしまいそうな快感に酔いしれた。ついに私は、自分という女に、酔っ払った。そんな私を、彼はずっと、ジッと、黙って見つめていた。だから私は、もっと、もっと酔っ払って、ずっと踊っていたかった。何曲くらい、踊っただろう。私がやっと彼のほうを振り返ると、彼は少しさびしそうな目をして私を見ていた。目が合って、彼が言った。

「ねぇ、俺と付き合ってよ」

「ムリだよ、私彼氏いるもん」

すごく焦って即答した。いくらナンパでも軽はずみな冗談はやめてって、言いたかった。ちょっと、焦ってしまった。嬉しかったから。自分の中に芽生えたその感情に、私は何よりも動揺した。

それでも彼は表情ひとつ変えることなく私を見つめていて、スチールチェアに浅く腰掛け

たまま、ゆっくりと両腕を伸ばして、私の手には触れずに私の手をそっと取るようなしぐさをした。そして、

「俺と、結婚して？」

彼が私に向けて発した、四言目のセリフだった。音楽もお酒も私の中から一気に抜け去って、私は彼の前に立ちつくした。ずっと踊っていた体がピタリと止まった途端、私は急にじょう舌になった。

「もう、なに言ってるの？　いくらナンパでもそんなセリフを言うのは、おかしいよ？」

黙っている彼とは対照的に、爆音の中で声がそこまで通らないことも忘れて、私はなんだか色々と喋っていた。だって、ビックリした。そのセリフにももちろんだけど、それ以上に私が驚いたのは、彼が本気でそう言っているようにしか見えなかったからだった。

そんなの困る。ハッキリとそう思った。恋人との別れを脳がチラリと私に想像させたからだ。それだけでもう、私は苦しくなった。だから私は彼に、付き合っているヒトがいるからって必要以上に何度も何度も連呼した。私は完全に動揺していた。

「……じゃあ、友達でもいいから。いや、友達って、本当は全然良くないんだけど。まぁ、でも、じゃあ、それでもいいから。ここじゃ話もできないから、30分でいいから、1杯だけ

でもいいから、もう居酒屋とかしか開いてないけど、静かなところで話したい」

彼にそう言われて、私はまっ先に女友達のほうを振り返った。踊っていた彼女の耳元に唇を近づけて、とても小さな声で私は言った。

「ねぇ、どうしよう。私、この人と、話してみたいってすごく思うんだけど……」

彼女の香水のいいにおいがフワッとして、「え？　じゃあ話してくればいいじゃん！」ケロッとそう即答した彼女に背中を押されるようにして、私は彼のほうを振り返った。「じゃあ、30分だけなら。本当に、話すだけなら……」

携帯の時計を見たら、もう朝の6時だった。

外に出ると表はすっかり明るくて、彼の目に映っているであろう自分の顔が、ものすごくイヤだった。視界の上のほうで、浮いてしまったつけまつ毛がユラユラ揺れていた。さっきまで私を酔っ払わせていた彼の視線に、私はもう酔えなかった。だって、クラブから一歩外に出れば、ここは現実で、私はそのことがちょっと怖かった。

縦に一列になって狭い階段を下りて入った小さな居酒屋で、向き合い座った。急に言葉数が多くなった彼と、化粧崩れした顔を容赦なく照らす白い蛍光灯の明かりの下で、伏し目がちになった私。

彼は私より6歳年上の33歳で、広告のアートディレクターをしていると言った。「へぇ、意外。絶対フリーターだと思った」とぬかす私に苦笑しながらも、「俺は、ゆりは仕事してるだろうなって思ったよ。気が、強そうだから」と彼は笑った。いわゆる〝業界人〟はめったにこないような、オシャレさよりもノリ重視のHIPHOP箱にいたクリエーターの彼と、気が合いそうだなって思った。教えたばかりの私の名前を、とても自然に呼ぶ彼に、私はちょっとドギマギした。

そんな私の心の動きに気付いているのかいないのか、私をジッと観察するように見つめながら口説き続けていた彼が、ちょっと黙って、それからため息をもらすような声でもう一度、「結婚してよ」って私に言った。「いやいやいやいや」と私が首を横に振ったのは、いくら口説き文句だとしてもそれはちょっと、度が過ぎていると思ったからだ。

でも、頭ではそう思っていても、私の心は揺さぶられていた。さっき、私が本を書いていると言ったら「へぇ！」って驚いたような顔をした彼だけど、本当は私の本を読んだことがあって、その上で私の好みの男を演じているんじゃないか。そう思ってしまうほど、彼の魅力はいちいち私のツボをついていた。

たとえば彼の、穏やかで落ちついた話し方。静かに発する、情熱的な言葉。私の目をまっすぐ見つめる目の奥に見え隠れする、彼の、男としての絶対的な自信。もしかして……と、私は疑わずにはいられなくなった。

もしかして、この男、私に恨みを持った誰かが、私を落とす攻略本として私の全著書を持ち込んで雇った、結婚詐欺師!?　そんなことを私が真剣に勘ぐりはじめたとは思ってもいないだろう彼が、私に言った。

「俺を、ゆりの最後の男にしてよ」

私は、耳を疑った。〝今なんて言ったの〟って聞き返そうと思っても、驚きすぎて声がでなかった。だって、〝さいごのおとこ〟。それは、私が翌月に出版を控えていたエッセイ本のタイトルで、そのタイトルはまだブログでも発表していなかったし、ごくわずかな関係者しか知らないことだった。最後の男って、会話にランダムに出てくるほど一般的な言葉でもないし、もしかして……と、私は一瞬思ってしまった。

でも、その時に頭をよぎった〝運命〟という文字を、私はすぐに自分で取り下げた。彼とはたぶん、すごく気が合うし、私たちは絶対に仲良くなれる。現に、私たちは今、お互いに惹かれ合っている。でも、その中で見つけたひとつの偶然をきっかけに、これを〝運命〟だと勘違いできるほどの〝青春〟に、私はもう立っていなかった。私がその時立っていたのはむしろ、運命を感じ、強く惹かれ合い、5年半という時間を一緒に過ごしてきた恋人との関係の中だった。

これは一体なんの罠なのか。今、そんな無責任な甘いセリフで心を揺さぶられては、すごく困るのだ。彼を責めるような冷静さを持って、私は言った。

「私がどんな女なのか、知りもしないのに結婚したいだなんて、やっぱりすごくヘン」

それでも彼は「どんな女なのかは見れば分かる」と、私をまっすぐに見つめながら言うのだった。

「じゃあ、あなたはどんな女が好きなの？　私がどんな女だと思うから、結婚したいと思うの？」

「俺は、病的なくらい大きな愛を求めてる女じゃなきゃ満たされない。そういう女が好き」

「あぁ！　じゃあそれは」

残念だけど、それは私じゃないって思った。と同時に、病的なほどに大きな愛を求める女のクレイジーさを、この人は知らないんだとも思った。彼の理想は私ではないと思ったらふしぎと気持ちが落ち着いた。

「あなたのタイプの女は、私じゃなくて、私のお母さんだよ」

私はそう言って、母の〝笑える〟エピソードを話し始めた。


つい最近の、ある夜のこと。私は父と母と3人で西麻布にいた。予約していたレストランの場所が分からなかったので、母は「すみません」と他人に声をかけて道をたずねることにした。一方父は、母が道を聞いているあいだに自分の思う方向に勝手に歩いて行ってしまい、母が父のほうを振り返った時にはもう父の姿はなくなっていた。

そう。父は、珍しくもなんともない、むしろとても典型的な〝人に道を聞くのが嫌いな男〟。女はいつだって、そういう男の意地っ張りなところにイラッとくるけど、そんなの、別に、ガマンできる範囲のこと。

しかし、母は、だ。父の姿を一本奥の道に見つけた途端、猛ダッシュで走って行って、父の頬めがけて、強烈なフライングビンタをぶっかましたのだ！　一部始終を見ていた私のアゴは、外れそうになった。

「ちょ、ちょっと、ヤリすぎだよ、いい加減にしなよ！」と叫ぶ私の声も届かぬほど母はカンッカンに怒っていた。父は打たれた頬を押さえながら、「な、何するんだよ!?」と一瞬怒って怒鳴ったものの、1時間後には酔っ払って、「こっちの頬も差し出しま〜す」なんて言っちゃって、母とふたりでアハハと笑っていた。


「ねっ？　どう思う？　ありえないでしょ？（笑）」

あの時のことを思い出してつい笑ってしまった私は、彼に同意を求める視線を投げかけた。

「お母さんはいつも私に、彼はあなたにとっては父親かもしれないけど、私にとっては男だから、嫌だと思うことは絶対に嫌なのって言うの。でも、道を聞いてるあいだにどっか行っちゃったってだけで、西麻布の交差点でビンタだよ？　ありえないって！　もう結婚して30年も経つのに、そんなちっちゃいことさえ妥協できないの。父に対してスーパークレイジーな母に、家族はほんと困ってるんだから！　ねぇ、だって、想像してみて！　助走付きのフライングビンタだよ!?（笑）」

どんなに私が笑いへと導こうとしても、彼はちっとも笑ってくれなかった。このエピソードは私の〝鉄板の笑いネタ〟だったのに、私はちょっと調子が狂ってしまった。笑いのツボが合わないのかしら、なんて思っていると、ずっと黙って話を聞いていた彼が、とても真面目な顔をしてこう言った。

「美しいって思うよ。そんなお母さん」

今まで色んな人にこの話をしてきたけど、そんな風に言ってくれた人は彼がはじめてだった。この話の語り手である私自身が、母の中のそんな〝ド女〟な部分を嫌っていたこともあって、いつだって私はこの話で、聞き手を笑わせることに成功していたのだ。

でも、私の本心は違った。本当はその、真逆だった。

いつだって私は、そんな母が羨ましかった。父との30年にも及ぶ夫婦関係の中で、今もまだなにひとつあきらめることなく、真っ正面から父へと向かっていく、揺るぎない情熱。そして何より、彼女には、その病的なほどの大きな愛から逃げず、向き合い、丸ごと愛してくれる男がいるということ。

だって、もし私が、母が父にするような言動を取れば、誰が相手でも一瞬にして振られてしまう。そう思うたびに、私は、すこし、ヤサぐれた。でも私はそのたびに、ううん、違う、と自分に言い聞かせてきた。

男と女で在り続けるがゆえに、どうしようもなくヒステリックな夫婦喧嘩を繰り返す父と母に、私は子供の頃から心底うんざりしてきたのだ。母という女の、父という男がらみのヒステリーを、私はずっと憎んできた。自分は絶対にこうはなりたくないと思ってきた。「女のヒステリーに負ける男なんていらねぇ」と、母の代弁をするようなエッセイを書きながらも、実は、私自身に、子供の頃から女のヒステリーに怯え続けてきた過去があった。

でもそんな私の言葉は、母の代弁なんかじゃないことも自分で分かっていた。どんなに嫌悪してみても結局私も母と同じ、〝アキラメたくない女〟なのだ。ただ、そんな自分のままではどんな男とだって上手くいかなかった。だから、諦めるんじゃなくて受け入れるということを覚えた。受け入れて、受け入れて、いつの間にか、一番大事なことまで〝アキラメた女〟になっていた。

私の目を見て、彼が言う。

「俺は、30年経ってもまだ、そんな風に情熱的に、お母さんにひとりの男として愛されてるゆりのお父さんが、羨ましくてしょうがないよ。俺もそんな風に、愛されたい」

この人だ。

そう思った。その瞬間、私の頭の中は妙にクリアで、私はとても、冷静だった。分かったのだ。ハッキリと、確信しちゃったのだ。私はこの人と結婚するんだって。私が10歳のあの夜からずっとずっと求めてきた男は、彼だったんだって。これが本当に何かの罠なら、もうそれでも仕方がない。私は落ちた。ストンと深く、彼という男にどっぷりと落ちた。

次の瞬間、目から涙がこぼれ落ち、止まらなくなった。嬉しかったからじゃない、辛くて苦しくて悲しくて、たまらなくなったからだ。

いつからかズレはじめ、いつからか終わりへと向かいはじめていた恋人との関係を、結婚というステップを踏むことで、どうにか続けていきたいと私は願ってきたのだ。無意識のうちに黒いウエディングドレスを選びながらも、小さな希望にすがりつくような思いで描いてきた私の未来予想図が遂に、ここで、ビリッとまっ二つに、破けてしまった。

今、目の前にいる出会ったばかりの彼と、これからどうなるかなんて本当には分からない。運命を確信した自分の心を、容赦なく現実が裏切ることだっていくらでもあり得るということも私は知っていた。でも、恋人以外のヒトに心を奪われ恋に落ちた。その事実だけでもう、十分な証拠だった。恋人との恋がもう既に終わってしまっているという、何よりの証拠だった。そして、恋人にもそれと同じ経験があることを、私は知っていた。

もう本当に終わりなんだ。そう思った途端、込み上げてきた涙を、私は、どうしてもこらえることができなかった。

私を口説く男の前で、私は顔を伏せて泣いた。「どうして泣いてるの?」と戸惑った様子で聞く彼に、「別れは、辛い。吐くほど悲しい」と独り言のように繰り返しながら、私は泣きじゃくった。私の意味不明な言動を前に彼が、「彼氏いるんだもんね。俺にはチャンスないか……」と、ガッカリした様子で呟いているのをうっすらと聞きながらも、私は頭の中で、自分を責め続けた。

どうしていつもこうなんだ。他に好きな人ができてはじめて恋の終わりに気付くなんて、本当っちゃ本当だけど、ウソっちゃウソだ。私はなんて、弱くて情けない女なんだ。私はなんて、意志の弱い、カッコ悪い女なんだ。それなのに会ったばかりのこの人は、私を意志の強い、イイ女だって勘違いしている。私はもう、私の母ほど、純粋ではない。

朝の8時過ぎ。快晴の土曜日。六本木交差点。

「家まで送る」という彼の手を半ば強引に振りほどいて、私はタクシーに乗り込んだ。家に着いてすぐに、私は恋人に別れを切り出した。

ふたりで　不思議な絆の中で度★★★★★

「嫌われちゃったかなって思ってたから、また会えて、嬉しい」

　4日後に再会した彼は、そう言った。青山の、地下にある間接照明の薄暗いバーの中で、彼の隣に座った私は、泣きはらした赤い目をしてスッピンで、両手に広げた濡れおしぼりの中に顔を埋めて泣いていた。

　別れは辛いなんてこと、知っていたつもりだった。知っていたからずっと、終わりにすることができなかったくらいなのだから。でも、5年半続いた恋人との実際の別れは、想像していたよりも遥かに悲惨だった。

　自分の恋が終わったことを彼に告げてから、彼に過去の恋愛について聞いてみた。半年前に終わったという彼のひとつ前の恋愛は、ここには書けぬほど重く、そこに含まれたいくつかのエピソードは、彼の愛に対する真剣さと、彼の正義感の強さを物語っていた。

「本気で愛していたよ」と彼はとても小さな声で私に言った。その言葉に、私の胸は、きつく締め付けられた。その理由は他でもない、私も、別れたばかりの恋人を、本気で愛していたからだ。恋愛関係は終わっても、本気で愛した過去は事実として残ることをきちんと知っている彼を私は、信頼できると思った。だってそれは、彼がこれまで、恋愛に対してとても真剣に向き合ってきたという、何よりの証拠だから……。

「でも」と彼は言った。

「結婚しようって言ったのは、ゆりが、生まれてはじめてなんだ」

私はおしぼりから顔を離して、きっと家を出た時以上に腫れぼったくなっているだろう目で、彼を見た。

「俺は、これまでに〝愛してる〟って言ったことがあるし、言われたこともある。それも、本気で、だと思う。でも、俺が今ゆりに伝えたいのは、もっと大きなことで、だから〝結婚しよう〟になったんだと思う。それはまだ、誰にも言ったことがないから。最上級の愛情表現を言葉にしたら、そうなった」

「……うん」私は頷いた。はたから見たら、まだ出会ったばかりの私たちがこんな会話をしていること自体が説得力に欠けることなのかもしれない。でも、彼の言葉は、フシギなくらい、信じられた。はじめて出会った時に感じた〝必然的なナニカ〟を、私はまた改めて感じていた。彼のことも、自分のことも、私たちふたりの未来も、どうしてだろう、疑うことができなかったのだ。

恋に落ちて、フワフワと浮き足立った状態で永遠を夢見た今までの恋のはじまりとは、明らかに何かが違っていた。だってこの時の私は、恋が終わり、足の裏が失望のドン底についている状態で、永遠を夢みることに対する恐怖を今までの人生の中で一番、強烈に感じていたのだから。

それなのに、だ。「永遠を誓いますか」という神さまからの問いに、生まれてはじめて、なんの迷いもなく「はい」と答えることができると思った。だから、心にまだほんのすこしだけ残っていた勇気を、最後にすべて使い尽くす勢いで、この直感を信じてみたいと私は思った。

「今、こうして、あなたを前に泣くのは理不尽なことかもしれないけど、正直なところ、あなたと出会えた嬉しい気持ちを上回るくらい、別れの辛さにやられている」

私は頰を伝い落ちる涙を拭うこともやめて、彼に、自分の気持ちを話しはじめた。

「でね、これもまた今の自分の感情論なのかもしれないけれど、別れの辛さを全身で感じている今だからこそ、もしあなたと、こんなにも強い必然を感じて一緒になって、また終わってしまったら、私、今度こそもう二度と信じられなくなるって怯えてる。自分の直感も、愛も、永遠も、ぜんぶもう絶対に信じられなくなると思う。その失望は今度こそ、大袈裟でもなんでもなく、私を殺すかもしれないって今、私真剣に思ってる。永遠を誓って愛するって、それくらい恐ろしいこと。正直、怖くて怖くてたまらない。

もう、二度とイヤ。ハダカでぶつかり合ったがゆえに、心が木端微塵《こっぱみじん》になるような想いは、もう二度としたくない。でも、だからって、愛に対して色んなことを最初からあきらめるってこともイヤ。それも絶対にイヤなの。

たった一度の浮気ですら絶対に許されないようなストイックな関係に、私は憧れる。そんなのリアルじゃないのかもしれないけど、でも、もうイヤ。浮気くらいは許せる大きな愛だなんて、やっぱり私はそんなのいらない、欲しくない。

浮気なんて誰だってできるし、どこを見たって不倫だらけの世の中だよ。お互いが一度も浮気をしたことがない夫婦って、今、この世の中に何組いるんだろうってはなしだよ。でも、だからこそ、私は、そういう数少ない夫婦にしか憧れない。妥協のない純白な愛が欲しい。それこそが何よりも手に入りづらい唯一のものならなおさら、私はただ、それだけが欲しいよ……」

ひとりで喋り続けながら、私はほとんど泣き崩れていた。自分の言葉に、私は自分で傷ついていた。私が口にしていることはすべて、ずっと前からずっと変わらない私の願いだったはずなのに、ここまでくるあいだに、私はいつの間にか、いろんなことをあきらめはじめていたんだってことに、今更ながら気が付いた。

「あなたとは、もう、とことん、これでもかってくらい向き合っていきたい。会ったばかりなのに変だけど、私、あなたと絶対に別れたくない。でも、付き合いたくもない……。だって、付き合うって、何? ねぇ、だって、分からない」

恋が終わった痛みを胸に、新しい恋を目の前に、私はこらえきれぬ涙を我慢することも、ところどころで矛盾する、あふれだす感情を言葉にすることもやめなかった。止められなかった。

「セックスをして、体の相性を確かめて、同棲をして、性格が合うか確かめて、そうやって慎重に時間をかけて、お互いが結婚相手かどうかを判断するの？　私、そう思ってた。だから、そうしてきたよ。ひとつずつ、全部、やってきた。何人もと恋をした。セックスもした。同棲もした。その中で、結婚ってなんなのか、とても真剣に考えてきたし、永遠の愛というものを、ほかのどんなことよりも強く、強く、求めてきたつもりだった。

でも、終わっちゃった。ぜんぶ、今まで終わってきた。結婚ってなんなのか、頭で考えれば考えるほど、わけが分からなくなったよ。結婚が、永遠を保証してくれるものだなんて、今だって思っていない」

スッピンの頬を涙でびしょびしょに濡らしながら喋り続ける私に、時々「うん」、「そうだね」と頷きながら、彼は静かに私を見つめていた。

彼が、これまでにどんな恋愛をしていたのか、話を聞くことはできても、彼と昔の女たちとのあいだにあった時間を、私が知ることは不可能だ。彼が私の過去の恋愛を知ることができないのと、同じように。男と女のあいだに起こるすべてのことは、そのふたりしか感じることができないもの……。でも、彼の今までの恋もすべて、私と同じようにぜんぶ、終わってきた。それだけは、事実なのだった。

「俺は、結婚ってもの自体があまりピンとこなくって、ずっと独身でもいいかって思うくらい結婚願望がなかったんだ」と、彼は話しはじめた。「だけど、ゆりと結婚したい」と、何度も繰り返して、彼は言った。「俺も、他の人と浮気する程度の関係なら別に、結婚なんてする意味ないって思うから、するからには、ゆりだけを愛してそのまま死にたいよ。今のこの想いに対して、自分でもびっくりするほど、迷いがない」と。

「どうして?」

「それは今まで、男でも女でも、こんなにも自分と〝合う〟と思った人と出会ったことがないから」

「……私も。だからあなたとは、結婚しかしたくない」

「俺は、今、この足で、区役所に行ってもいいって思ってる」

私も彼も、本気だった。でも、「じゃ、今から行こう」と私が言うと、「あ、でも……」と彼が躊躇した。「ゆりのご両親に、それは申し訳ない」と。「きちんと挨拶をしてから入籍したい」と彼は言った。「親は関係ないよ、私の人生だもん」とすぐに答えた私を、もしかしたら彼は幼いと感じたかもしれない。でも、私は、そのことに対してムキになっていた。

「父と母に、私とあなたとのことは、関係がない!」

私は彼に、とても強い口調で言い切っていた。まるで、両親にあの夜の復讐をするかのように、勝手に結婚してやりたい、と私はその時、急に思い立ってしまった。それができたら、どんなにキモチイイだろうって。

愛情をたっぷりもらって、大切に育ててもらった両親に対してなんて恩知らずな、と今、冷静に振り返ってみれば思うのだけど、その時は、本当にそう思ってしまった。私の心の一番繊細な部分に根強く存在している、当時の怒りが、私にそれを望ませた。

「……それでも、ダメだよ」。両親とのそんな過去について、ほとんど怒りながら熱く語った私に、彼は首を横に振った。「ご両親にはきちんと挨拶する。そういうところは、ちゃんとしたい。会いにいって、了解をもらえたらすぐに、籍を入れよう」と意見を曲げない彼に、「そっか……」と納得しながらも、両親に許可をもらわないと結婚すらできないという、ロマンに欠ける不自由な現実に、私はガッカリした。でも、そんな心とは裏腹に、彼が私の両親を大切に思ってくれていることが、とても嬉しくもあった。

「あ！　じゃあさぁ、籍入れるまで、セックスしないってのはどう!?」。急に思い立って、彼に提案した。「え、うっそ……」とビビった彼に、「ほんと!!　だって考えてみて。初夜、すごく興奮しそうじゃない？」と私は自分の名案に既に興奮していた。「あぁーっ、でも、そうだね。俺、そうゆうのけっこう好き」と彼がノってきたところで、「でもどうする、セックスがめっちゃ合わなかったら？」と脅し、「え……。そ、それはないよ、た、たぶん」と言葉を詰まらせる彼に、「ま、サイアク合わなくてもどうでもいいよ」と私は言い切った（笑）。

だって、話してるだけでこんなにもサイコウに楽しいんだ。出会ったばかりの私たちは、昔からのベストフレンドみたいにお互いの過去の傷について赤裸々に語り合い、でも最後にはこうして笑い合うことができていた。それこそ私が結婚に求めている、男との関係だった。セックスは大好きだし大事だとも思うけど、所詮セックスなんて、どんなに持ったって老後には消えている。

「じゃ、約束ね」って私は言った。「ガマンできるかな」って彼は笑った。「俺と結婚してください」ともう一度私に言う彼に深く頷いて、キスをした。

私たちは、ふたりでその時、夫婦になった。社会も家族も友達も、入り込むスキなどなければ、理屈も正義も通用しない男と女の、不思議な絆の、その中で。

発情vs.愛情vs.条件

カラダ、ココロ、アタマは別モノ度★★☆☆☆

『セックスと信頼と尊敬』。男女関係の中に、このみっつがすべて揃っている状態が理想だが、ふたつあれば関係は続いてゆくという。終わるのは、ひとつ、またはゼロになった時。

そのすべてが、まだなくなってはいないがかなり薄くなっている、という結婚歴4年の女友達(31)が言う。

「私の場合は、熱愛後、セックスのあまりの良さに燃え狂うようにして〝好き〟って感情ひとつで結婚した。でも、どんなに相性が良くたって時間の経過には逆らえない。特に妊娠、出産後、セックスの炎はどんどん下火になっていった。今、カラダよりも大事なのは条件だったんじゃないかって、思ってしまうことがある。子供がいるというのに不安定すぎる彼の収入に、いちいち合わないふたりの価値観……。愛情の継続に必要なのは、セックスよりも会話だというのも、今ならすごく納得できる」

私は発情と愛情、そして条件の関係性について考え込んでしまった。

セックスよりも会話の相性のほうが遥かに大事だと、〝籍を入れるまでセックスはしない案〟を彼に提案した私だが、それは裏を返せば、そっちのほうがはじめてのセックスがより熱いものになりそうだから、という下心があった。つまり、セックスを軽視しているような振りをしながらも、実は何より彼とのセックスをものすっごく楽しみにしていたというわけ（笑）。

発情だけで結婚するのはキケンだという事実は、それこそ恋愛経験のない10代そこそこの頃の私ですら理解していた、ひとつの〝常識〟かもしれない。しかし一方では〝発情〟こそが、私が恋愛結婚に求める絶対条件のひとつだった。

女たちが自分の将来的な安定を第一に考えはじめ、男の収入などを重視した結果、それまでのタイプとは真逆の男と付き合いはじめたり、結婚しだしたりする時、私の頭の中に真っ先に浮かぶ本音は、「え？　ヤれるの？」。極端な話それは、たとえば若く美しい金髪美女が、大金持ちのハゲ老人と結婚する時に、誰もが思うことだろう。

発情して惚れる。惚れてから発情する。好きだから一緒にいたいと思う。永遠さえ夢見てしまう。発情からの恋愛、または恋愛からの発情、その先にある結婚。そこには、とても分かりやすい男と女の動物的な筋が一本通っている。

だけど、この男と一緒にいたら色んな意味で〝お得〟だと思うから、結婚を目指し、その過程の中で「好きになれると思う」ってちょっと頑張って惚れてみる、「タイプじゃないけどヤれなくもないもん」とかって努力して発情してみるっていうのに私は、ものすごい違和感を覚えるのだ……。男の条件にまず、アタマが惚れて、後を追うかたちでココロとカラダを男に擦り寄せるというのはもう、恋愛とは呼べない。

「そうよ、恋愛と結婚は別モノ」だと言い切る彼女たちを否定しているわけではない。だってもちろん、恋愛結婚がすべてじゃない。お互いの条件のフィット感を最重視して相手を決める〝婚活結婚〟(昔でいう〝お見合い結婚〟が、今はこういうカタチに落ち着いたのかもしれない)など、いわゆる恋愛→結婚以外の結婚のカタチだって当然アリだ。

そろそろ結婚したいと思っている男女が出会えるという時間的合理性においても、恋と性欲に翻弄されてアホにならずに相手をきちんと選べるという点でも、結果的にその後の夫婦関係が恋愛結婚より上手くいく場合だって少なくないだろう。冒頭のセリフを言った〝恋愛結婚〟後の女友達が、「彼女たちのほうが結果的には賢かったのかも」と言うのにも頷ける。「条件っていうか、価値観っていうか……」と彼女は言葉を濁すが、そう、条件は価値観と密にリンクする。

「条件がピタリと合ったから好きになった」と言えば聞こえが悪くても、「価値観がピタリと合ったから好きになった」と言うセリフには誰もが納得する。条件＝〝アタマ〟、価値観＝〝ココロ〟というイメージがあるから、前者に愛の欠落を感じ、後者に愛を感じてしまう。でも実は、言い方を変えただけで、まったく同じことを言っている場合だって少なくない。そのふたつは、互いに深く絡み合っている。

たとえば「出会った時、もし彼が無職に限りなく近いフリーターでも結婚した？」とたまに聞かれるが、私のそれに対する答えは「ＮＯ」だ。収入という現実的な問題以前に、33歳にもなってだらだらと無職な状態を続けられる男と、計画性をもってプランを立てて自分なりにコツコツ仕事を頑張ってきた私の人生観が合うとはまず思えない。話していて〝合う〟とは思えなかったはずなのだ。お互いに。

話せば話すほどに〝なんでこんなに合うんだろう〟と私たちは驚いたのだけど、その後で自己紹介のようにお互いの経歴を話しはじめるとすぐにお互い納得した。これまでの仕事に対するスタンスや、今後の仕事を含む将来に対するビジョン、育ってきた家庭環境や姉弟構成など、色んな条件が私たちはとても似ていたのだった。

でも、だ。もしここでお互いの〝カラダ〟が反応していなかったら、私たちのそれは別に運命的な出会いでもなんでもない。その後のドラマが生まれることも、今私の隣にちょこんと座っている息子が生まれることもなく、「クラブでチョー気の合う男の親友できちゃった♪」というだけの話で終わっただろう。

話す前から、クラブで私を見た瞬間に発情したという夫（あざっす）と、クラブを出た頃から、ドキドキしはじめ、それが彼に対する発情へとつながった私のカラダが、〝最終的には〟お互いを選び合ったように思う。まだセックスはしていなかったけれど、〝やりたい〟とお互いが思っているその衝動が、私たちを親友ではなく夫婦にした。

それこそ10代の頃は、発情し合った事実（カラダ）と好きという気持ち（ココロ）が重なった幸運を〝運命〟と呼んで恋人同士になった。付き合っていく中で条件が合わなくなってきたって、そんな違和感（アタマ）は無視して「愛（カラダとココロ）がすべて！」と叫んだりした。でもそれらの恋はすべて、終わってきた。

そんな経験を重ねてきたアラサー女は、「10代の頃みたく、イケメンってだけじゃ発情しなくなってきた。どんなにタイプでも、男の発言にセンスのなさを感じたりすればすぐに、発情スイッチはオフになる。でもって逆に、一回ヤッたからって愛しちゃったってことにもならなくなってきた」と口を揃える。「年々男を見る目が厳しくなる」とアラサー女は悩むけれど、それは自分たちが成長している何よりの証拠なのかもしれない。好奇心と性欲にまみれた思春期（発情期）を越え、発情に対する感性が良くも悪くも研ぎ澄まされていった場合のみ、

〝カラダ〟は十分に賢く、それでいて本能的な、判断材料になるのだ。これまでの経験から見えてきた〝自分自身のこと〟をよく理解しているからこそ、出会ってすぐ、または一度デートしただけで、〝この男とは合わない〟と分かってしまうのとまったく同じように、〝合う男〟と会えば、一発で分かる。

カラダはこれを欲し、ココロはあれを求め、でもアタマはこう言っている。そんな風にバラバラな状態でこんがらがることも少なくはないけれど、やはり、カラダとココロとアタマ、すべては自分の中にあり、当然のごとく絡み合っているものなのだ。それぞれが別のモノを欲したところで、そのみっつが折り合いのつく場所へと自然と落ちてゆくようになっている。じゃなきゃ自分という個体が分裂してしまうから、そうならないように、上手くバランスが取れるようにきちんとそうなっている。

セックスだけ、好きって気持ちだけ、条件がいいだけ、という偏った関係、または時間の流れと共に偏りはじめてしまった関係が、自分の意思とは別のところで必ず終わりを迎えてしまうのは、それ以上続けば自分が壊れてしまうから、自然と終わるようになっているだけなのかもしれない。

もちろん、私の場合だって例外ではない。出会った時に発情と愛情と条件が絶妙なバランスでピタリと合ったその幸運を〝運命〟と呼ぶのなら、これから先、発情の炎が下火になり、お互いの条件だって常に変動してゆく中で、愛情を永遠にキープできるかどうかは、今後の私たちにかかっている。そのためには、なんだってしたいと思う。

でも、あぁ、また〝でも〟、だ。具体的には何をどうすればいいのだろう。愛する人との永遠をかなえる秘訣って、あるのだろうか。継続できる愛のカタチとは、どういうものなのか。知りたい。分からない。私はまた、頭を抱えてしまった。

そんなことを考えていた時、父からメールが届いた。出会ったばかりの男との結婚を認めてもらうために私が書いた、長い長い手紙に対しての、父からの返事だ。

親と子の心のレベル

永遠度★★★★★

ゆりへ

なぜその人が好きになったのか。

色々言葉で説明はできるでしょう。

しかしその説明は自分を納得させるためと
人に説明するためのものと思います。
本当のところは自分の心だけが知っている
ことなのではないでしょうか。
自分の心で心から納得していればそれで良いのです。
自分の心のレベル以上の恋も愛も
あり得ないのです。また自分のレベルでしか
相手も分からないのです。素晴らしい相手に巡り合うのは
自分のレベルを上げるということと思います。
なぜならレベルが違えば分かり合えないからです。
相手は自分です。自分は相手のレベルなのです。
友達も自分のレベルでしょう。自分以下の友達には魅力なく
自分以上の友達は高嶺の花でしょう。
自分のレベルが変われば相手も変わらざるを得ないのです。
なぜなら分かり合えないからです。
分かり合えなければ別れざるを得ないのです。
これまでも今後もそうなのです。

互いにそれぞれのレベルを上げていき　お互いのことを理解して
いくことだけが継続できる愛なのです。
それができなければ別れざるを得ないのです。
人は自分を理解してもらいたい欲求で一杯です。
理解してもらえる相手に出会えることが最大の幸福です。
今後も互いに理解しあえるかどうか
それがお互いに試されているのだと思います。
お父さんが言えることはそれだけです。
お父さんは　今のゆりが好きな人にいつも反対はしません。
ゆりの心のレベルをいつも認めています。
人はいつも向上したいしそれを励まし合える相手に巡り会うことを
いつも願っていると思います。
そうした意味でお互いを見つめて生きて下さい。
自分で切り拓くしかありません。
誰も助けられないのです。なぜなら自分が納得しない限り
前に進めないでしょう。
自分の本当の心に向き合って最後は自分で決めること

これが人生だと思っています。

お父さんより

『レベルが違えば分かり合えないからです』

男と女としての父と母に、いつだって私は妬いてきた。そういうのってステキ？　ううん、どうだろう。だって、ふたりの愛は、子供たちをも包み込む甘いミルクティみたいなものってよりも、子供たちにも容赦なく火の粉が降りかかる、炸裂バトル系だったから（苦笑）。
でも、そんな家の中で、あの頃、何が一番寂しかったかって、ふたりの中に入れないことだった。夫婦喧嘩を仲裁したい一心で炎の中に飛び込んでいっても、目には見えないふたりのバリアに私はポイッと弾き飛ばされた。中には入れないのに、そのたびに、心に負った火傷だけ、私の心に跡をのこした。
「どうして、話し合いに私も入れてくれないの。どうして、私の話を聞かないの。コドモだから？　ウソでしょう？　だって話を聞いていると、あなたたちってオトナげない。小さな弟が、あなたたちの怒鳴り声に傷ついて泣いてるじゃない。それなのにどうして、ケンカをやめないの。私には理解できない。あなたたちって、コドモすぎる」

それが、私の言い分だった。今、振り返ってみても私のそれは正論かも。ただ、男と女なんて、そんなもの。「あなたには分からない」と言われ続けたけれど、確かに、あの頃の私は〝夫婦喧嘩は犬も喰わない〟って意味すらまったく理解していなかった。

でも、寂しかったよ。悔しかった。私も、分かりたくってしょうがなかったよ。

あぁ、でも、うん。今になって考えてみれば、そうだよね。当時30代だった父と母と、まだ10歳の私が、〝分かり合える〟はずがなかったよ。それでも私は世界中の誰よりもふたりと、対等に分かり合いたくってもがいていた。

父がくれた言葉を借りれば、あぁ、そうか。私はあの頃からずっと、両親の心のレベルに追いつきたくて、心を焦らせていたってことなのだ。世界中の誰よりも大好きなふたりと、どうしても分かり合いたくて。どうしても仲間に、入れてほしくって。

父に宛てて書いたメールにも、私のその願望は強くにじみ出ていたように思う。結婚を認めてもらうため、なんて本当は、長い手紙を書くためのただの口実に過ぎなかったのかもしれない。

出会ったばかりの男と何故、こんなにも強く、結婚したいと思うのか。彼というひとりの男との出会いに、どんなに強い衝撃を受けたか。彼に対する、コトバになんかできないほどの熱い想いをあらわすコトバを、私は一生懸命探して文章をつくったんだ。

何故。毎日のように長電話をしている母とは違って、海外に単身赴任中で、たまに会っても照れくさくって面と向かって語り合ったりできない父に、私のことを自分の言葉で、どうしても伝えたいと思ったから。あと、「ほらみろ、私みたいな女でも男にこんなにも愛されることができた」と、遠い日の父のあの憎きセリフをまっ向から否定する、という大きな目的もあったことだし……(執念)。

『自分の心で心から納得していればそれで良いのです』

とても正しくて、すこし冷たいって感じた。初めて、父からの返事を読んだ時。

父が私の結婚を認めてくれることは、手紙を書く前から知っていた。だって、父はいつも私と弟に、「自分が好きになった人と結婚しなさい」と言っていたから(娘は誰にもやらん!と大暴れするようなタイプではなく、常に冷静な父の言葉にも、いつも私はちょっぴり不満だったのだけど)。

私は、父と〝分かり合い〟たかった。永遠というものを誓うことに対して、心から納得できる相手と出会ったことで、母との永遠の誓いを守り続けている父と、何か、分かり合えることができるんじゃないかって、私は密かに期待していたのだ。

そう。彼との出会いを通して、男と女としての父と母に、ひとりの女として、グッと近づいたように感じていた。

でも、あぁ、そうなんだよね。私の年齢が30代に近づいたということは、父と母はもう50代後半。同じ目線でとことん〝分かり合いたい〟って、こんなにも願っているというのに、あぁ、ふたりのレベルに、いつまで経っても追いつけやしない……。

『ゆりの心のレベルをいつも認めています』

常に、そのままの私を、認めてくれているということ。それが、どんなに大きな愛情なのか、今、ようやく〝本当の意味〟で理解できたように思う。返事をもらって2年が経って、そのあいだに私にも子供ができた。

眠っているあいだにクシャッと一瞬お顔をしかめた、それだけで、わが子が見ているかもしれないその悪い夢から、助けてあげたいとさえ思ってしまう。それほどまでに愛おしいわが子に、「自分の人生は自分で決めていい」と言い切るには、死ぬほど大きな覚悟がいる。

赤ちゃんから大人へと成長してゆく過程で、親としての考えは少しずつ変わってゆくにしても、わが子に対する根本的な思い――自分の命に代えてでも守りたいほどの巨大な愛情――は、一生、変わらないだろう。

だからこそ、なのだ。どんなにその子を信頼していたとしても、それこそ人生の経験／心のレベルが違う親だからこそ、子供が自分で決めた人生の選択に、いちいち口を出したくなるに決まっている。結婚となれば尚のこと。子供が自分から離れてしまう寂しさを、〝アドバイス〟と見せかけたコトバの裏で爆発させ、しなくていい反対をブチかましてしまう可能性だって、低くはない（それこそ、ないものねだりで昔の私が自分の父親に求めていた、とっても分かりやすい愛情表現なのだけれど）。

子供の心のレベルを、成長に合わせて、〝常に〟認めるということ。子供の手に、子供の人生を委ねるということ。それは、子供を尊重し、信頼し、自由を、与えてあげること。親が当然のようにすべきことのようで、実際にそうするのは、とても、それはもう、きっと、とっても難しい（息子が8ヵ月の今はまだ、想像の域だけど、想像するだけで頭を抱えちゃうほど、難しそう……）。

だから、ありがとう。ありがとうお父さん。私は、いつだって、今だって、お父さんとお母さんの〝心のレベル〟を追っかけてる。走りながら、〝分かり合いたいよ〟って叫んでる。いつだって、今だって、ずっと先を進むあなたたちは時々、私のほうを振り返って、「今だって、これからだって、あなたのレベルを認めてる」って言ってくる。でもやっぱり、それだけじゃ足りなくて、私は走ることをやめられない。

あ。これって、親と子の愛が永遠まで続いてゆく、ひとつの、心のレベル論。

永遠って何？

鍵は、ガールズトーク度★★★★★

考えれば考えるほどに、難しくって、分からなくなるけれど、でも、ものすごく分かりやすく、あえて一言でいってしまえば、〝別れたくない〟。それだけだ。一度愛していると思った相手ともう二度と、別れたくないと、それこそ心の底から、私は思った。

こんなにも強く、運命を感じるほどの結びつきを感じたのだから、どうか死ぬまで、この人だけと愛し合っていたいと、夫と出会って、私は思った。

愛し合う喜びに舞い上がり、笑顔でそう思っていたわけじゃない。こんなにも愛し合った果てにまた別れが待っていたらどうしようと震え上がり、地面にひざまずく勢いで、どうかどうかこの愛を永遠に……、と神さまに祈るような気持ちでそう願っていた。

心のレベルがピタリと合う男と、遂に、出会うことができたんだ。ここまでの道のりだってものすごく長く思えたし、その中で何度、心が引き裂かれるような想いをしてきたか分からない。結婚が・ハッピーエンドだなんて思わないよ。人生は続いてゆくもの。でも、でもどうしても、辛い旅はもう終わったんだって信じたかった。

「もう大丈夫だよ」って誰か言って。

『分かり合えなければ別れざるを得ないのです。これまでも今後もそうなのです。互いにそれぞれのレベルを上げていき　お互いのことを理解していくことだけが継続できる愛なのです』

とんでもなく大変そうに見えた数々の波乱を共に乗り越え、約30年前に交わした母との〝永遠の誓い〟を今も守っている、17歳の時に出会った母を今も変わらず愛している、私の父が、「永遠はあるのだ」と言い切ってくれたなら、どんなに心強かっただろう。

でも、そうか。ちょっとガッカリしたけど、本当は知っていた。時間の流れに身を任せているだけで、永遠まで流れ着くことができるほど、愛し合うって甘くない。

結婚したということは、これからのお互いの運命を、共に生きてゆく誓いをしたということだ。結婚や出産で、それぞれの進む道が枝分かれしてゆくのが女友達なら、結婚相手は、運命共同体。共に、同じ枝の方へ、人生が進むにつれて、どんどん枝の細いほうへ、ふたりで進んでゆくパートナー。

本来はいつだってひとりぼっちの人生を、ふたりで歩けるなんて、心強い。でも、細い枝の上に、ふたりきり。その中で感じてしまうかもしれない孤独は、ひとりで感じるそれより重く苦しく、窒息死だって招きかねない。

女同士、結婚と出産のタイミングさえピタリと合えば、ずっとベストフレンドでい続けられるように思うことが〝大きな勘違い〟であるのと同じように、男と女だって、同じ枝へと共に進むだけでは、互いのレベルなんてキープできないもの。同じ枝の上にいるからこそ、その〝差〟が露になってゆく場合だって多いのだ。そうなってくれば、話し合うたび、ギクシャクする。

どんなに愛し合って始まった関係だって、理解し合えなくなってしまえば、終わりへと向かってゆく。話が通じなくなってしまえばもう、おしまいなのだ。息ができなくなってしまえば、死んでしまう前に、ふたりは別れを選ぶものだから。

別れは死ぬほど辛いけど、人は、死ぬより別れを選ぶのだ。

「I LOVE YOU FOREVER」も、「BEST FRIENDS FOREVER」も、鍵になるのは、いつまでも語り合える関係でいられるかどうか。私たち女が、いくつになってもやめることができないガールズトークって、語り合い。女同士、男とイマイチ分かり合えないストレスと、誰かと深く分かり合いたいという欲求を一発でドカンと満たすための、最高の手段。

何時間あったって語りつくせないほど、おしゃべりに夢中になれる相手は、本物の友達だ。

心のレベルが同じじゃなければ、話していても分かり合えないし、分かり合えなければ盛り上がらない。ホットなガールズトークができるかどうかはいつだって、女の友情のバロメーター。

男と女は、もちろんそれとはちょっと違う。出会ったばかりでカラダを火照らしている男女に、コトバなんていらないから。でも、永遠に人生を共に歩こうと思ったら、男と女も、お互いにとっての一番のベストフレンドでいることが何より大事になってくる。

話していて楽しくない相手との結婚なんて、話が合わない赤の他人と無人島に行くようなものなのだ。

お互いが別々に約30年間生きてきて、夫と出会った時、ピタリと分かり合えた幸運に、私は運命を感じた。でも、ここからあと70年、ずっと手をつないでいられるかは、これからの私たちにかかっている。あの頃、もう傷つくのはイヤだ、なんて思って私は泣いたけれど、そうだった、今までより、これからのほうが、遥かに遥かに長いんだった。

うん、分かった。話し合って、分かり合えなくって、大喧嘩しまくって、無言の日々がしばらく続くかも。でも、それでもまた、話しかける。とことんやろうよ。話し合おう。途中で逃げ出さずに、同じ闘いを共に味わってゆくことだけがきっと、ふたりの心のレベルを共に上げてゆく鍵なんだ。

きっと、お互いから目を逸らさず、お互いに向き合う努力を惜しまなければこれからも、出会った時に神さまにもらった〝運〟を、引き寄せ続けることができるって、私は今、信じてる。

「I CAN TALK TO YOU FOREVER」

時間が足りない、話し足りない、あぁ、もう、先に死なないでよねって、50年後、おじいちゃんになった夫に言えることを、私は今、夢見てる。

バカみたいだと笑えばいい。
病んでいるよと引けばいい。
それが、女の、正体なんだ。

Chapter 4.
ド女論
Bitch or Witch

〝女〟を殺しすぎて余計に……

ド女度★★★★★

「いかにも〝女〟って感じの女、私、すごい苦手！　たとえば、あんたよ。よくそんな胸元が開いたワンピース着られるよね。ネイルは赤だし！　うわぁ……」

「わ、わ、私ですか……」

「そうよ！」

ＷＯＷ。正面切ってディスられた。数年前、飲みの席にて。知り合いの誰かの友人らしき、初対面のババァに。化粧っけのない顔に、黒ゴム一本縛りのポニーテール、オーバーサイズの白シャツに、短く切られた四角い爪。明らかに私とは正反対のタイプの、女である。私は別に、彼女の地味なルックスに文句はない。人それぞれだし。しかし、「お前派手だな」と攻撃してくるのはいつだって、何故か、〝地味側〟の方々。

「何やってる人なの？　あんた」

ババァは私に聞いた。フリーター、と答えてほしそうな顔をしていたが、私は言った。

「ライターです」

「ライターって何。タバコに火をつけるあれ？」

非常にサムくて、どうしよう。

「コラムとか、書いてます」

ムッとした私がそう言うと、何故か私以上にムッとしたっぽいババァが、「何についてよ?」と鼻の穴をデカくして続けた。バカにされるだろうな、と思いながらも、私は胸を張って答えてやった。

「恋愛について!」

オバハンの鼻の穴が更に膨らんだ、と思ったらやっぱり、きた。


「うわぁ。ギャルだねぇ〜」


はい。頂きました、想定内のキーワード。THE〝ギャル〟。派手な女をこの言葉でひとまとめにして鼻で笑う地味な方々は、とても多い。特に、女! 何故、彼女たちは、私たちを、敵視する? 「女っぽい女が嫌い」だと公言し、否定的な意味で、私を〝ギャル〟だと切り捨てた目の前のババァは、〝言いたいことをハッキリと言う、男っぽくてサバサバしている自分〟に酔っている風だが、失礼なことをズバズバ言うのと、サバサバはまったく違う。それに、恋愛コラムなんて〝スイーツ(笑)〟とか思っているんだろうけど、スイートな恋を一度でも経験した女は、恋愛をバカにしたりはしない。

彼女たちは、恋愛や女を謳歌している女を〝バカなギャルだ〟と見下すことで、自分はその上に立っているつもりなのだろう。私たちはあいつらとは違う、〝知的な人間〟みたいに（苦笑）。しかし、そんな彼女たちからこそ、臭うのだ。

悪い意味での、〝ド女臭〟。

心にネットリと張りついた〝嫉妬〟を隠すために張り巡らされた、プライド。それゆえに素直になれない葛藤から言動に滲み出る、ドロドロとした意地悪さ……。それってまさに、〝女〟が持つ嫌な部分、フルキャスト。


「あんたこそ、いかにも〝女〟って感じなんですけど！　欲求不満全開じゃん！」


と、私は叫ばなかった。彼女は、自分とはタイプの違う女を見下すことでしか、自信を保つことができないタイプ。実は、誰よりも自分に自信がない。私は、自分と同じくらい強い相手から売られたケンカならいつでも買うけど、自分より弱い女とはケンカしない。満たされぬ〝女〟から、意地悪いお局へと変化してゆく過程、同じ女だから分からなくもないのだ。そして、私のようなギャルにそう思われていることこそが、彼女たちにとっては何よりの屈辱。それを口に出して言ってしまえば、彼女たちは崩れてしまう。まぁ、言われっぱなしはストレスが溜まる。でも、そこは男らしく、溢れそうな毒をゴクリと呑み込んでやった。

でもね、思う。恋愛やセックスは、男ありきかもしれないけれど、〝女〟は、自分の手でもある程度は満たすことができる。たとえ透明でも、マニキュアを塗ったり、洋服の下に、可愛い下着を着けてみたり、それだけでも自分の中の〝女〟は喜ぶのだ。もちろん、本当にそういう欲求がないのならしなくてもいいけれど、もしないのなら、女を満たしている女を必要以上に憎んだりはしないもの。〝女〟の殺しすぎは、まったくエロティックではない〝ド女臭〟を放ってしまう。

そして、バカにされる言葉としても使われがちな〝ギャル〟という言葉だけど、私はそう呼ばれることに誇りすら感じている。だって、ギャルって、自分の中の〝女〟と上手に付き合っている女ばかりだから。女なら誰もが持つ、セクシュアルなメスの部分も上手に解放し、素直に「恋がしたい」と口に出し、途中で傷ついて泣いてもまた前を向き、新しい恋をする強さを持っている。

頭が悪そう？　それはどうかな。毎シーズンのトレンドをチェックし、日々のヘア&メイクにスタイリング。ギャル系に限らずとも、セルフプロデュースに長けた器用な女が、バカなはずがない。ショップに買い物に行っても思うが、垢抜けている店員のほうが営業上手。

地味＝知的とは、限らねぇんだよ。

ド女論　〝女〟なんて、ちょっと枯らすくらいが丁度いい度★★★☆☆

「リリって、ほんと〝女〟だよね」

友達カップルと3人で飲んでいる時に、突然、男友達D（27）にそう言われて、正直ちょっとショックだった。

「え？　そう？　私、これでも、なるべく平常心を保って生きてるつもりなんだけど……」

「いや。それでも滲み出てるって！　なんでそんなにも〝女〟なの？　ってくらいに（笑）」

「マジで？」私、笑えない。女の子っぽいところがあるよね、と褒められたのなら嬉しいけれど、目の前にいるDは、ただ冷静に、私という人間の感想を述べているのだ。それが〝女〟って……。Dの彼女であり、私の女友達でもあるU（26）も、シレッと続けた。

「分かる分かる！　リリの本読んでてもいつも思うもん。こいつ、どこまで〝女〟なんだって！　アハハ！」

「……ア、ハハハ？」

一応笑ってみたけど顔が思いっきり引きつった。もちろん分かっている。私の性別は女だ。そして、〝女〟は私の作家としてのひとつの大きなテーマでもある。

でも、どうしてだろう。「リリって、ほんと〝男〟だよね」と言われた時の何百倍も、複雑な気持ちになってしまうのは。いや、その答えも、女である自分が一番分かっている。だからこそ、「でしょ〜！　私って〝ド女〟なんだよねぇ♪」なんて軽く流して笑えない。

（裏を返して言えば、「ほんと〝女〟だね」と言われて素直に喜べる女は、〝ド〟が付いてしまうほどにドロドロなレベルでは〝女〟じゃないということかもしれない。「私って〝ドM〟なんだよねぇ♪」と自称できちゃう女が、そこまでMではないのと同じように……）

女って、頭がおかしい。
女って、マジで疲れる。

〝女って〟を、〝お前って〟に替えて、そっくりそのまま男に言われたこともあるが、私は別に傷つかなかった。何故なら、それゆえに困っているのはお前より私だという自負があったからである。「お前って、マジで疲れるぜ」と客観的に意見を言っているだけの男より、マジで疲れる生き物＝女として毎日を生きているこっちのほうが、比にならないほどしんどいに決まっている（怒）。文句を言いたいのはこっちなのだ。「生理前後の情緒不安定の本当のヤバさを、あんたは知ってんの？　自分の意思とは関係のないところで、毎月ホルモンバランスが勝手に崩れるんだよ、すげぇだろ！　怖いでしょ？　じゃあ黙ってろ！」と（笑）。

とはいっても、女にも、いろんなタイプがいる。そう頭がおかしくない女も、一緒にいてそんなに疲れない女も、この世には存在する。ド女でもなければドMでもなく、ド男でもなければドSでもない、いわゆる〝フツウ〟の女の子たちだ。たとえば、彼女たちは、「いつまでも〝女〟でいるための10ヵ条」なんていう雑誌の特集記事を素直に読める。私なんかは、そのタイトルを見ただけで、〝いやいやいや〟と拒否反応を起こしてしまう。だって、いつまでも〝女〟でいるなんて、考えただけで気が遠くなる！

昔どこかで読んだ、『女が、永遠に〝女〟でいることは、破滅への一本道だ』という一行のほうが、遥かに説得力があり、〝ひぇぇぇっ！〟と鳥肌ブルブルものだった。

だって、27歳現在、私の中で〝女〟が爆発中。

だから私は、仕事に燃えることで男性ホルモンを分泌させてはその〝女〟を中和させ、セクシーな格好してクラブへいったり、エロい下着をつけてセックスしたりして残りの〝女〟を満たし、やっとのことで〝冷静さ〟を保っている節がある。

年齢と共に、今は物凄くパワフルなこの〝女〟が上手い具合にぼやけていき、いつか穏やかな気持ちで毎日を過ごせますように、と願っているくらいなのだ。わざとちょっと枯らすくらいで丁度いいほどの〝女〟を魂に宿してしまっている女にとって、必要な努力とは、女度をアップするためのものではなく、女度を絶妙なバランスでダウンさせるもの。そして、ド女たちは、無意識のうちに、そのための努力を日々、せっせとこなしている。

その証拠に、日々のその生活ぶりから、その性格から、「めっちゃ男らしい!」と周りに言われている女って実は、めちゃくちゃ女だったりする。ド男とド女は、紙一重。女すぎるために、何故か、男らしくなるのだ。女を持てあましすぎているからこそ、男っぽくなることで唯一、バランスが保てるのかもしれない。しかし、自分の中のド男とド女の振り幅が大きすぎて、余計に頭が混乱してヒステリックになってしまうことも、多々(壊)。

「お母さんって、ほんと〝女〟だよね」

これは私が母によく言うセリフ。だいたいいつも、ケンカの最中によく使う。つまり私はこれを、褒め言葉として使っていない。だから、だ。このセリフをそっくりそのまま、友達に私が言われたってことがショックだった。「もしかして、似てる……?」(怯)。

母と娘。そこを行き交う同じ種類の〝女の血〟って、けっこうヤバい。母親という存在は娘にとって絶対的にデカい存在で、その影響力にはもう、ほとんど支配されているといっても過言ではない。「母は今ではもうすっかり年を取って丸くなったのに、私はまだ、若くて勢いがあった頃の母に支配され続けているの。でもこれは一生続くのかもしれないわ。私の友人は、もう何十年も前に亡くなったお母様に今でも支配されているって言っていたから」と母は私に嘆くが、そのたびに私は、「私だって同じくらいあなたに支配されていますけれども」と返すのだ。

「分かるわ」と人ごとのように母は言う。

「ああはなりたくないって母親を見て思っていた部分を、自分の中に見つけてしまうものよね。でもまぁ、私は母より随分とマシだとは思うけれど」

あぁあぁあぁ。どうしよう。やっぱりそっくりなのかなぁ。分かりすぎる。だってそれって、あなたへの私の気持ちって、そのまんま!! (涙)

私は自分のことを〝ド女〟だとは思っていない。それは母みたいな女のことであり、確かに似ている部分もあるけれど、母と比べれば自分の〝ド女〟レベルは遥かに低いと思っている。つまり、母よりはマシだと思っている(笑)。

ド女とド男。ドSとドM。〝ド〟がついちゃう人種のヒトたちは、真逆の側面を併せ持っている。今例にあげた4つを全部持っているヒトも、多い。そういうヒトたちの多くは、いわゆるフツウの社会には適応しにくい場合が多いのだが、その巨大な振り幅は時にものすごい魅力となって、他人を強烈に引きつけたりもする。が、それを喜ぶヒマもなく、その振り幅のすごさに誰より自分自身がやられている。

私の母が併せ持つ対極は、〝女〟と〝母〟だった。〝女〟と〝母〟は、私たち女が持つ対極の顔だ。

母は、私と弟に〝Ｏｈちょっと重たいよぉ〟ってくらいのドでかい愛情を注ぎまくる、

〝チョーいいお母さん〟なのだ。時代もあったと思うけれど、育児の息抜きにたまには夜遊びなんてことも一度もなく、私たちが幼い頃、あたたかい布団の中で、絵本を読んで、優しく寝かしつけてくれなかった夜は、たぶん一晩もない。元教師の母は教育にも熱心で、日本語も英語も社会も算数も理科もすべて、私が誰に一番丁寧に教わったって、学校の先生より、断然母なのだ。

しかしそんな母は、夜9時を過ぎると、元々の女の姿に戻っていった。父に対するセリフも勢いも、そしてそのケンカの激しさも、昼間の〝お母さん〟からは想像もつかないくらいに、〝女〟になった（それが私は嫌だった。お母さんのくせにありえない！　このヒト二重人格なんじゃないか！　と思っていた。そう。娘は母親に、この世の誰より超厳しい）。そして自分のそんな二面性に、もちろん母は気づいていた。

「9時になったら寝てね♡　お母さん、9時過ぎてもあなたたちが寝てくれないと、〝キャア〟になっちゃう♡」

夜8時くらいになると必ず、小学生になった私と弟に、母は言った。今のように〝たまにはダンナに子供を預けてママも息抜きしなくっちゃ〟という時代じゃない。仕事で午前サマが当たり前の父が育児を担当する日というのもなく、おばあちゃんたちの日常的なサポートというのもなく、専業主婦の母はすべてひとりで家事と育児を頑張っていた。今ならものすごくよく分かる。そんな状況の中で、子供たちがいつまでたっても寝てくれなかったら、ド女だろうがなかろうが、女だろうが男だろうが、誰だって絶対〝キャア〟になる。

が、ポイントはそこじゃない。どこの親だって、子供を早く寝かせて束の間の自由時間が欲しいと思うが、その〝脅しセリフ〟がうちの場合「寝ないと鬼がくるよー」とか「おばけが出るぞー」とかじゃなかったってことだ。私と弟は、その頃から分かっていた。鬼よりおばけより、生身の女のヒステリーの方が、遥かに恐ろしいということを（笑）。「お母さんがキャアになる↓この世で一番イヤなこと↓早く寝よう！！！」と、その効果はてきめんだった。

『9時になったらキャア！』は、『8時だョ！全員集合』なんかより我が家に定着しきった一種のエンタメとなり、8時50分くらいに時計をみながら、母と弟と3人でよく、「9時になったらぁ〜♪」「いっせいのぉせっ♪」「キャア♪♪」「いっせいのぉせっ♪」「キャアー♪♪」と明るく歌いながら踊っていた。が、本当に9時になったらマジで母がキャアになる可能性があるので、〝キャアミュージカル〟の後はすぐに階段をかけあがりベッドへと急いだのだった。

うん。やっぱり、母はちょっと、フツウじゃない。私は彼女を、アーティストと呼んでいる（笑）。そして自分のことは、それよりはちょっとマシな、クリエーターだと思っている（誇）。

「私、もう、それ以下なら、いらないから」

Chapter 5.

独占欲

Chain me with your Love.

母と娘　共有する血の濃度★★★★★

その時に自分が置かれている状況がどうであれ、他人の幸せを心から望み、純粋な気持ちで祝福するということが、どんなに難しいことなのか。結婚を報告した時、周囲の様々な反応の中でそれを痛感した。

もちろん、私の場合は状況が状況だったので、彼と出会えた幸運を、みんなに手放しで喜んでもらおうとまでは思っていなかった（私自身も幸せの絶頂と別れの痛みのドン底に片足ずつ突っ込んだような状態で、ボロボロだったし）。でも、悲しくて泣いている時に一緒に泣いてくれる女友達よりも、嬉しくて笑っている時に一緒に笑ってくれる女友達のほうが少ないという事実を知った。

その裏にあるのは、女同士であるが故の嫉妬と、女同士であるにもかかわらず根深く存在する、独占欲。他人に対する愛着故の、自分自身の寂しさだ。

私の唐突な結婚に、誰より早く「あなたにはそのヒトしかいないと思う」と心から理解し、昔から私のことを誰より知っているからこそ「やっと出会えたんだね」と祝福してくれたのはやはり、私の世界一の親友だった。でも、入籍する日が近づくにつれて、これまでの私たちの関係がとても近いものだったからこそ、彼女はブッ壊れはじめた。「私の男は、そんな風にプロポーズをしてくれなかった」と自分との比較をはじめ、最後には、「あなたが離れていくようで死ぬほど寂しい」と大声をあげて泣きじゃくった。

私がこの世で唯一、私の幸せを無条件に、手放しで、心の底から喜んでほしいと願っていた、母だ。

「結婚したって家族じゃなくなるわけじゃない。むしろ、家族が増えるんだよ。私たちの絆だってきっと、これまで以上に深くなる」。何度も説明したがそんなこと、母だって頭では分かっているのだ。私のそんなセリフじゃあ、鎮静効果はまったくなかった。

その頃、私はもう、いろいろと限界だった。本来だったら数年かけて起こるような大きな出来事（出会い→別れ→結婚）がいわゆる〝順序通り〟ではなく一気に起きて、それをそのまんまに書き綴ったブログのコメント欄は炎上していたし、すべては自業自得とはいえ、精神的にもう、いっぱいいっぱいだった。自分のプライベートについて書くということが持つリスクの大きさを改めて思い知ったし、もう書くのは小説だけに絞ってコラムニストは廃業にしたほうがいいんじゃないかと本気で悩んでいたくらいだった。

そんな状況の中で、「あまりの寂しさに、もう家の中にひとりでいられなくなった。今日はずっと街中を歩き回っていた」と夜中にシクシク泣きながら電話をかけてくる母を、優しく受け止める余裕なんてゼロだった。ううん、むしろマイナス。私は困りながら怒って、泣きながら怒鳴った。

「じゃあ、私、どうすればいいの？　ねぇ、どうしてそうやって私を苦しめるの？　私はいつもお母さんの弱さをすごく心配してるけど、もしかしたら私だって同じように弱いかもって、お母さんはどうして思わないの？　どうして自分の弱さを武器にして、私の強さに甘えるの？」

怒りも悲しみも涙も言葉も止まらなかった。

「もうっ!!　子離れしてよっ!!」

私が怒りに任せて言い放ったその一言に、ブチギレたのは、母だった。その怒り狂いっぷりは凄まじく、私だってキレていたはずなのに思わず〝ｓｈｉｔ〟と心の中でつぶやいてしまうくらい一瞬素に戻ってしまった。これが今の母にとっての究極のＮＧワードだったとは……。やはり、そういうことなのか……。

「どうして私だけがいつも〝悪者〟なのよ」と母は怒りながら泣いた。「フツウは父親が娘の結婚に対する寂しさを理由に怒り狂って、母親はなだめる役目だったりするのに……。あのヒトだけまたメールひとつでイイトコ持っていって、私だけがまたあなたに嫌われる。それに、それに……。あのヒトのああいう冷静さはいつだって私を寂しくさせるっ!!（号泣）」

「分かってるわよそんなことは、昔っから!!　あなたの男（私の父）との話はもう知らないわよ！　それを私にぶつけるの、やめてよもうっ!!　それに言わせてもらうけど、うちの中での〝イイコ〟はいつだって弟で、私だけがいつも嫌われてきたんだから、まったくおんなじじゃないのよっ‼（号泣）」

女対女、母と娘の、ぐっちゃぐっちゃの激バトル。たぶん、1000万回目（泣笑）。

「なによ、すべてを分かったような口きいて。今の私のこの寂しさは、あなたにはまだ分からないのよ！　あなたも娘を持てば分かるわよっ！！！！」

母が最後に言った一言に、今度は私がブチギレた。母による〝あなたにはまだ分からない〟こそ、私にとっての筋金入りのNGワード。

「はっ？？　なんで私がお母さんと同じように子供を持とうと思っているって思うの？分かんないじゃない、そんなの。気付けば私は、お母さんが私に望む人生を歩いているような気さえしてるの。私の人生なんだからもう、私のことは放っといてよ！」

そして最後に、喉がキレるかと思うくらいの大声をあげて、私はこう叫んで電話を切った。

「こんなクソみたいなオンナの血、私の代で止めてやるっ！！！」

はぁっっっ。携帯を握りしめて話しているあいだにいつの間にか、自分の涙でびしょ濡れになったリビングの床に倒れ込んでいた体を一気に起こし、大きなため息をつきながら立ち上がった。そして思った。ふぅっっっっ、勝った（？）。

「ゆ、ゆり？」

あ。隣の部屋で寝ていた彼がいつの間にか起きていて、とても心配そうな、というか怯えた子犬のような目で私を見つめていた（笑）。

「あ、ダリン。おはよ。あ、心配しないで。これくらいのケンカは、ま、たまにあることだから♪　お母さんも私も、慣れてる慣れてる♪」

ケロッと、というかむしろスカッとした表情でそう言うと、私を見つめる目を細めて、彼が言う。

「いやぁ、素晴らしいね。そこまで感情を曝《さら》け出してケンカできるって。俺も早くそんな風にゆりとケンカしてみたい。お母さんとゆりの絆に、妬けちゃうよ」

あぁ、あぁ、あぁぁあ。私にはやっぱりこのヒトしかいない。

私は改めて心からそう思い、愛すべき変態をそっと抱き寄せた。

独占欲

MAX度★★★★★

出会って4日後の早朝に、ふたりで結婚した。

その瞬間から、私は彼を夫だと思ってきた。私たちの中ではその関係が既に成立していて、籍だけがまだ入っていないという状態だった。世間はそれを、事実婚と呼ぶ。が、私たちの場合、長年付き合ってきて事実婚を選択した男女とはわけが違う。彼らのようなカップルのことは、籍が入っていなくとも夫婦だと多くのヒトが認めるだろうが、まだ籍も入れていない会ったばかりの男を「夫」と呼ぶ私なんかは傍から見れば、「ねぇ、大丈夫?」ってマジで心配されちゃうレベルの、ただの色ボケ/ケツ青/バカ女(苦笑)。

それを分かった上で、それでも私は彼を「夫」だと人に紹介した。ブログにもそう書いた。自分自身がそう思っていないのに、「新しい彼氏」という〝名前〟で彼を呼ぶくらいなら、右記の三拍子が揃ったヘンな女だと思われて失笑されてもいいと思った。ううん、その時の私が周りからどう見えるのかをもっと突き詰めて言ってしまえば、「長くつき合った男を裏切って他の男に乗り換えて速攻〝夫〟とか呼んでる最低な女」。

実際にはその裏側でいろんなことがあって、本当はそんなんじゃないと強く否定している自分もいたけれど、でも、表面的に見える私はそうなのだから、私がそういう女だというのもまた、ひとつの事実なのかもしれなかった。だから、人にそう軽蔑されることも含めて受け入れなくてはいけないと思っていた。むしろ、事実をふんわりと周りが納得のいくようにアレンジし、少し時間を置いて上手に説明することによって、多くの人に理解してもらいたいとは思えなかった。それをもし私がやろうと思えば、言葉を使ってとても器用に、そうできてしまうことが分かっていたからだ。

もともと、人に受け入れられやすいタイプの人間ではないのに、ううん、だからこそ、ものすごく器用に世の中を泳ぐ術をいつの間にか身につけていた自分が憎らしくなった。もう、やめたかった。できるだけ〝多く〟の人に理解され、愛され、必要とされることを何よりも求めて、そのために必死になることを。もう、嫌いならそれでいいからサヨウナラって。すごく冷たいかもしれないけれど、その時、本当にそう思ってしまった。

だって、本当には理解し合えない者同士が、その場しのぎの言葉を使って分かり合えた振りをして関係を続けても、結果的には傷つけ合うことにしかならないことを、身をもって知ってしまったからだ。それは対男じゃなくても、同じこと。気付いてしまったのだ。これまで、一度ベストフレンドになってくれた女の子の手を、一度ファンになってくれた女の子の手を、ずっと離したくなくて、ずっと独占していたくて、強く強く握ろうとしていたのは、彼女たちよりも私のほうだったってことに。自分の中でずっと持て余し続けてきた〝他人と理解し合いたい欲〟を、〝愛し合いたい欲〟を、たくさんの人に分散して求めていたのかもしれなかった。

そんな風に自分をはじめて冷静に、客観的に見ることができたのは、私が人間的に成長したからではまったくない。それらすべての欲を、彼ひとりに集中させたからだ（怖）。私は周りを突き放すほどの勢いをもって、彼だけに独占されようとしていた。まだ誰も彼をそう呼んだことのないだろう「夫」という呼び名で、彼を独り占めしようとしていた。ちょっとクレイジーになっちゃうくらい、やっと見つけたひとりの男に対する独占欲が、私の中でかつてないほどメラメラと渦巻いた。

「恋は、心の病の一種だ」とどこかで読んだ。「深刻な風邪みたいなもので、2〜3ヵ月でその症状は少しずつ落ち着いてゆくものだ」と。なるほどねって今なら思う。「なんか、病んでるよ」って女友達に言われて、傷ついて怒ってちょっと喧嘩みたいにもなったけど、今振り返ってみると、当時の私はまさにそんな感じだったのかもしれない。

私はどうしようもないほど、恋に落ちていた。

だから籍だって、早く、一刻も早く、入れたかった。そんなの、紙切れ一枚？　ならばそんな、ペラッペラな紙、一枚分でも多く、彼と独占し合いたかった。他人に認めてもらえなくったっていいなんて、マジで思っていたのにもかかわらず、同じくらい強い気持ちで私は、籍を入れることでこの社会に、正式な夫婦として認められたくて仕方がなかったのだ。うん、それってちょっと矛盾しているよね。

でも、昔から私は、公にできない関係に興味がない。その裏にあるのは、このヒトが私の男だと、このヒトは私だけのものだと、私は彼の女だと、私は彼だけのものだと、とことん公にしないと気が済まないほどの、ちょっとヒステリックな独占欲。

男がいるかいないか分からないようなミステリアスな女のほうが、モテるかも。誰にも言えないようなヒミツの関係のほうが、燃えるかも。でも、そんな風にわざと隙間が用意されているような関係じゃ、私の心は空しくなる。男女関係に用意された〝名前〟とか、他人同士を家族と設定する〝戸籍制度〟とか、そんなのどっかの誰かが勝手に考えついたもの。でも、そんな便利な手錠がこの世に用意されているのなら、私はぜんぶ利用したい。すべてを使って愛する男と自分を、キツくキツく、くくりつけていたい。


「今、私たちのあいだにあるものが、つい、浮気しちゃうような関係とか、もう、それすら許しちゃうような関係とか、そんな風にだらだらと時間や情に流されてゆく程度のものなら、結婚までして永遠を誓う意味がないと思うの」

「俺は、もしゆりが浮気したら、その男もゆりも殺してしまうと思う」

「私は、その私とはなんの関係もない赤の他人の女はどうでもいいけど、私が愛するあなたのことはきちんと殺してあげる」

「本気で、それっくらい強く想っていてよ、俺のこと、一生」

「当然だよ。だって私、もう、それ以下なら、いらないから」

「俺、守るから、ゆりのこと」

「でも、敵が、ドアの外からやってくることってまずないから」

「………」

「あなた自身から私を守って。結局、誰よりも私を傷つけられるのは、私が誰より愛しているあなただけだから。私も、あなたを私から守るから」

「上手に、愛し合おう」

「死ぬまで、一緒に生きていこう」


２００8年12月12日。


ふたりで結婚をした1ヵ月半後、両家の承諾を得ることができた私たちは、渋谷区役所に向かった。前の夜に、家にあったすべてのキャンドルに火をつけて、ふたりが大好きな曲をスピーカーから流し、一字一字ドキドキしながら書いた、婚姻届を大事に持って。

よく晴れた昼下がり、代々木公園の木々が黄色く染まる中、狭い歩道を手をつないで一歩一歩、踏み締めるようにしてふたりで歩いた。

「一生、忘れられない散歩になるね」

「これから、俺の名字になるんだね」

「しあわせだね」

「しあわせすぎるね」

豹柄のコートに真っ赤なミニワンピとハイヒールを合わせた私に、彼は何度もカメラを向けていたけれど、それが、クラレンスと結婚した朝にアラバマが着ていたコーデだって、彼は気づいていたのかな。

「婚姻届の提出は2階です」と区役所のおじさんに言われ、なんだかこそばゆい気持ちで階段をあがって、受け付け番号の小さな紙をとってからふたりで並んでイスに腰掛けた。手をギュッと繋いで待っていると数字を呼ばれ、ドキッとしてふたり同時に立ち上がった。婚姻届と戸籍謄本、身分証明書と印鑑を持って窓口へ。慣れた手つきでパパッと書類を確認しているお姉さんの前にいつまでも突っ立っていると、「あ、できましたらまたお呼びしますので」と言われてハッとして退散（恥）。

しばらくして、呼ばれた彼の名字に、ふたりで立ち上がる。

「おめでとうございます」

窓口のお姉さんの言葉に、思わず鼻の奥がツンとして、熱い涙が込み上げた。泣くのを堪えるのに必死で声が出なかった私の隣で、

「ありがとうございます」
ゆりが俺の名字になるなんてすげぇ嬉しいと、私の名前を変えちゃうことで一種の支配欲を満たされている様子だった彼が、ハッキリとした口調でしっかりと答えていた。27年間ずっと使ってきた自分の名前の半分が、彼という男にさらわれたこの瞬間は、私にとってとても快感だった。

「恋は、一種の心の病？」もしそうなら、恋をするずっとずっと前からヒトは、精神に細かい傷をいっぱい付けて、その時がくるのを待っている。いろんな寂しさとか怒りとか悲しみとかトラウマとか、過去のすべての痛みに蓋をして皆、平気なフリして日常を生きている。それが、恋をして、自分という人間を丸ごと抱きしめてくれるようなヒトにきつく抱きしめられたその瞬間、それまで中に押し込んでいた傷が一気に吹き出してくる。自分の手で器用にコントロールしてきた自分の精神が、その時初めてハダカになるような、そんな感覚。
自分の傷をあやふやにごまかすことで上手にバランスをとって生きている状態が健康なのだとすれば、恋という心の病にかかっていたあの時、私はかつてないほど自分の心に、正直だった。

男に支配されるなんてまっぴらゴメン、むしろ私が愛する男のすべてを支配してやりたいとまで思っていた私なのに、彼の私に対する強い独占欲はすべて丸ごと心地よかった。
だって、10歳のあの夜から、ずっと、
あなたにさらわれるのを、待っていた。

おとこの左手、薬指

そこにダイヤを……度★★★★★

幼い頃からずっと妄想してきた〝みんなに祝福されながらの結婚式〟も、〝跪《ひざまず》いてカパッと指輪のプロポーズ〟も、それまであんなに欲しがっていたことがウソみたいにまったく欲しくなくなった。みんなとパーティをするより、ふたりきりでいたかった。なくしてしまうかもしれないものより、永遠に消えないものが欲しかった。これもまた、恥ずかしいくらいアラバマの真似だけど、お互いの名前を体のどこかに彫りたかった。

彼と出会った直後に〝マイウエディングドレス〟として衝動買いしたＲｅｅｍの個性的な白いミニドレスを着てベッドの上で手をつなぎながら『Ｔｒｕｅ Ｒｏｍａｎｃｅ』を一緒に観るという、傍からみたらバカみたいだけど私にとっては特別な意味のある儀式を終えた後、彼にそれを伝えると「いいよ」って言ってくれた。「じゃあどういうデザインにする？」って、私たちははしゃいで、油性ペンでお互いの体にお互いの名前を描き合ってあそんでた。

入籍前夜。「旧姓のゆりと過ごせる人生最後の夜だから、ちょっと特別なデートにしよう」という彼の提案のもと、とびっきりオシャレしてから夜中に待ち合わせをした。人通りの少ない真っ暗な裏原宿の小道を抜けて外苑前から青山へ、まだ開いているレストランを探しながらたっぷりと散歩して、やっと見つけたいい感じのお店に入ることにした。食にたいしたこだわりを持たない私は、そこまで来る途中にあったピザ屋でも良かったのだが、彼が「個室があるとこがいい」と何故か店にこだわった。そう、今夜は特別なのだ、〝だったらどっか調べて予約でもしときゃいいのに〞という毒は呑み込んであげた（優）。

小さなお皿で一品ずつ運ばれてきたシャレオツな創作料理を速攻食べ終え（なんせグルメじゃないのでどんな料理だったかまったく覚えていない）、「遂に、本当に、籍を入れるんだね、ヤバいね♡」とクリスマス前の子供のような無邪気さではしゃいでいると、ふと、BGMとして流れていたクラシックピアノのメロディに、耳を奪われた。話の途中だったのに喋るのも忘れて、聴き入ってしまった。

それは、実家のリビングにあるピアノで、母がよく弾いていた曲だった。子供の頃からずっと、毎日のように聴いてきた、母が弾くピアノ。

この時はじめて、生まれ育った家族の元から籍を抜いて、彼の家族として新たに籍を入れるということに対する、今まで感じたことのない種類の寂しさを感じた。

母を想って、母だけを想って、私は泣いた。母があまりにも寂しがって泣くものだから、そういうのやめてよと怒りすぎて、結婚は私たちの別れなんかじゃないよとムキになりすぎて、その瞬間までまったくピンときていなかったのだ。結婚による母と私のひとつの節目の訪れに、この時私は急に気づいて、一気に胸が、苦しいほどに締め付けられた。

「私ができなかったすべてのことを、あなたにはさせてあげたい」と、「女の子だからってガマンしなきゃいけないことなんて、何ひとつないんだからね」と、自分の人生の大半を、その熱い情熱を、すべてを注いで育ててくれた。「母に厳しくしつけられた私は今でもオドオドしてしまうところがあるから、あなたはどうか伸び伸びと、自分に自信を持って生きていけるように」と、いつだって私を大きく受け止めて、いつだって私を褒めて、私の個性を伸ばしてくれた。「家の手伝いなんてしなくていいから、本をいっぱい読みなさい。広い世界があることを知りなさい。まだまだ男尊女卑な社会でキャリアを持つには、女の子だからこそ学歴をつけて、やりたい仕事をめいっぱい楽しめるように」と、狭いキッチンの奥でいつも、ひとりで食器を洗っていた、お母さん。

涙が、溢れて、止まらなかった。

それなのに私は、自分ひとりで大きくなったような顔をして、私の結婚を寂しがって泣く母の涙さえ受け止めてあげることができなかった。母の私に対する独占欲が重たかった。でも、27歳で私を産み、それから約30年という長い時間をずうっとずうっと、私と弟を育てることだけに費やしてくれた母に対して、「もう私、大人だから放っといてよ、子離れしてよ」だなんて、私はなんて、恩知らずなんだろう。大人ぶった、ただのクソガキだ。

ごめんね。ごめんね、お母さん。

私は生まれた時からこの世で一番、お母さんのことが大好きで、「ゆりの母ちゃんとしゃべっちゃダメ‼」って母の前に立って両腕を広げて、母が同じ団地のママ友達と会話することを阻止するような子供だった。私のお母さん。私の世界の中心にいる、私だけのお母さん。父に向ける、あなたの女の顔は大嫌い。私だけを見て。いつだって私のお母さんだけでいて。どうしていつも弟の肩を持つの。私の味方でいて。いつだって私の一番の味方でいて。

誰よりあなたを独占しようとしてきたのは、この、私なのに。ごめんね。あなたの独占欲が、重たいだなんて言って。でもね、違うの、お母さん。

私は自分だけのオリジナルみたいな顔して生きてるけど、私はどこを切り取ったって、あなたの作品なんだもん。イヤになる。「本なんて誰が読むか」「うるさいうるさい」ってあなたから逃げ回ってきた私は今、本を書いている。「子供を持った後も女が続けられる仕事をおすすめは、女優か作家」とは、あなたが私に、よく言っていたセリフ。

私が結婚したって、たとえあなたが死んだって、私からあなたを切り離すことなんてできないの。それこそ、永遠に。その圧倒的な支配力が時々重くて仕方がないよ。それっくらいのものなんだよ、うちらの絆。それなのに、あぁ、それなのに、

「どうして急に、どうしてこんなに、涙が止まらないくらい寂しいんだろう。お母さぁん……」

目を真っ赤にして泣く私に、彼が紙袋を差し出した。

「これで、笑顔になってくれるといいんだけど」

紙袋をみて一発で分かったそのブランド名に、私は目を疑った。指輪は、いらないって話したはずなのに。それに、ハリー・ウィンストン。それは私が以前、『タバコ片手におとこのはなし』の中でディスった最高級ジュエリーブランドだった。ちょっと動揺してしまった。私を喜ばせようと、とても高価なものを買ってくれた彼が、後でその本を読んで勘違いしてガッカリしたらどうしよう、と。

ち、違うの、あのね。頭の中で私はひとり、今度は母ではなく夫に、得意の自己弁護を開始した。私があのエッセイで書いたのは、愛そのものよりもモノに、男そのヒトよりも条件に、女が走った結果として彼女の左手薬指に、ハリー・ウィンストンが輝いていたって、そんなの全然イケてないってことだったんだけど……。

「開けて」と、私の胸の動揺にまったく気づかぬ彼が言う。

小さな箱をカパッと開けたその瞬間に目の前で輝いたダイヤモンドは、私の目に溜まった

涙によって、更に何層もの眩しい光を放っていた。彼はそっとそれを手にとって、私の薬指にすぅっとはめた。私は自分の左手を、とてもふしぎな気持ちで見つめた。

夢を見ているみたいで、何が起こったのかよく分からないくらいだった。そこにあるのは、指先の赤いマニキュアがちょっぴりハゲはじめている、いつもの感じの私の手。そこに、私の夫がダイヤをのせた。

「俺にとって最高の女に、最高のものをあげたかった」

こんな私に、そんな言葉をくれるのはあなただけ。こんな私が、最高なのも、きっとあなたにとって、だけ。ありがとうって、言葉を何度言ったって足りないくらい、この時あなたは、ものより言葉より大切なものを、私にくれた。

お父さん、お母さん。出会ってくれて、お互いに恋をしてくれて、私を生んでくれてありがとう。私、生まれてこられて、本当に良かったです。ふたりに育ててもらえて、本当に。すべてに、心から、感謝しています。


入籍後、ふたりでランチを食べてから、夫は仕事に行った。「私も帰って仕事するね」と彼には言いつつ私がこっそり向かったのは、表参道、ハリー・ウィンストン。人生で、一番高い買い物をした。籍を入れてまだ1時間。私のお金って彼のお金？　っていうかふたりのお金？　相談なしにこんなバカ高い買い物してもいいものなのか？　と1秒だけ迷ったが、親から経済的に自立した19の時から死にものぐるいで働きまくり貯めたお金で彼にプレゼントを買うのはやはり、ありだと思った。

ダイヤモンドの入ったマリッジリング。私だって、私にとっての最高の男に、最高のものをあげたかった。この一粒のダイヤが、私のおとこの左手、薬指の上で永遠に輝き続けるのだと思ったら、とても誇らしい気持ちになった。結婚したからといって、片時もそばを離れずに、ずっとピッタリくっついていることはできないけれど、交換したふたりの指輪がそれぞれに代わるお守りのように、ふたりの誓いを、ふたりの愛を、そっと見守っていてくれますように。

ここから先、50年、60年、70年……。どんなことがあっても、あなただけを。きっと、父だけを愛して死ぬだろう母のように私も、これから先はもう絶対にあなたひとりだけを、ことん愛し抜きたいです。

そして、来世でもまたあなたと、深夜のクラブで出会いたい。

——ダンスフロアで腰くねらせて踊ってた女と、酒片手にフードかぶってカッコつけてた男の、その後。

今まで知らず知らずのうちに世の中に洗脳されてきた〝こうあるべきだ〟という男女のカタチ。どんなに自分の頭で考えて〝私が求めているのはこういうカタチ〟って感じでマイオリジナルを発表してみたところで所詮、みんなどこか似たり寄ったりの〝ロマン〟を胸に掲げている。

ま、ヒトコトで言ってしまえばズバリこれだ。「恋をして結婚して子供を産んで笑いの絶えない明るい家庭を築きたい」。あーヤダヤダ。もうスーパーありきたり。でも私はこれを、ずっとずうぅっと望んできた。

ねぇねぇ、同世代のみなさん、覚えているだろうか。小学生の頃に欠かさず観ていた毎週日曜夜のアニメフェスタ（『ちびまる子ちゃん』『サザエさん』『キテレツ大百科』からの『私のあしながおじさん』など）の合間に、ハウス食品が提供していたひとつの〝幸せのカタチ〟としてとても分かりやすい、あのＣＭを。

寒い冬。外は白い雪が降っている。あたたかい家の中には、お父さんとお母さん、そしてふたりの子供たち。家族４人、笑顔で食卓を囲み、アツアツのホワイトシチューをみんなで食べる。そこには、とっても幸せそうで、美味しそうで、誰もが〝いいな〟って憧れる、日曜日の夜の図があった。

〝私もいつかああいう家庭を持ちたい〟というか〝持つんだろうな〟と、思い続けたあの頃の記憶の影響は、地味にバカデカい。〝あんな家庭を持つことの素晴らしさ〟が、あの夜テレビの前で体育座りしていた全小学生女子の脳裏に刻まれたといっても過言ではない。

プラス、その時の自分自身の家庭環境や家族構成によっても自分が未来に描く理想の姿は変わってくるが、娘に多大なる影響を及ぼす〝母〟という生き物は、当然のごとく、子供（自分）を産んでいるのであった。だからかな、自分の性別が女なんだと認識するようになった4〜5歳の頃から当然のように、私もいつかお母さんになるものだと思っていた。大人になってからも、「子供を持たない人生も当然ありだけど、私には考えられない。もし結婚できなかったとしても子供は欲しいし、妊娠できなかったとしても養子が欲しい。いつか絶対にお母さんになりたい」と、その根本の考えが揺らいだことは一度もなかった。

が、その一方で、「まだ、でも、いつか」なんて思いながらもダラダラと、どっぷりと依存しまくっているタバコをいつまでたってもやめられないことや、お母さんとして必要な料理や家事のスキルが皆無な自分に、真剣に焦りはじめていた。

当時私は、27歳。そこにいたのは、チェーンスモークしながら散らかった部屋で原稿を書きまくり、子供を養えるくらいの経済力〝だけ〟がついた自分だった。

子供を持つということが女にとって生物的にデカいことであるが故に、それはストレートに〝女〟としての自信を削ぐに十分な要素だった。ヘルシーとかオーガニックとかロハスとか、そういう流行りの単語がいちいち私のカンに障ったのもまた、一日一食完全外食という〝そのうち子供が欲しいと思っている〟とは思えない自分のどうしようもないライフスタイルに対する劣等感が原因だった。

——それが、「いいじゃん別にタバコ吸ったって。長生きはできないかもしれないけどさ、俺はやめようと思ったことないよ」と（！）。「家事とか料理なんかいいよどうでも、それより俺を、痺れさせるような作品を書きまくってよ。そっちの方が俺、断然惚れる」と（！！！）、面と向かって言い切ってくれた男の出現により、私は人生に新たな選択肢を生まれてはじめて見た気がした。

えっ！？？　お母さんになること以外の幸せのカタチもあるのかも！！？？

そう思ったら、それまで自分がどんなにそのひとつのカタチに縛られていたのかにも改めて気づいて、正直、びっくりした。と同時にちょっと尋常じゃないほどの解放感に大興奮した私は、彼に向かって叫んでいた。

「このままタバコ吸いまくって本書きまくって外食しまくってあなたとふたりで世界中を旅しまくってチョー自己中に、自分の欲のままに自分がしたいことだけをあなたと一緒にしまくって、そして死ぬのって、悪くないどころかもしかして、チョーサイコーかもしれない！家族4人で日曜夜のホワイトシチューなんて、もう、どーだっていいわ!!」（恥ずかしいくらいに単純）

「……え？」キョトンとした彼が言う。

「俺、子供欲しいんだけど」

「え？」

「俺、子供欲しいって思ったこと、人生で一度もないんだけど、ゆりと出会ってはじめて欲しくなったんだよね。俺の子供をゆりに抱っこしてて欲しい」

「……え、それってまた一種の独占欲的な？」

「うん」

「オ、オスだね、あなたって、ほんとにとことん……（苦笑）。私はあなたに出会ってはじめて子供はいなくってもいいかなって思ったんだけど」

「え？」

「いや、子供は大好きだから欲しくないわけじゃ全然ないんだけど、ただ、今の私って恋愛ホルモン飛び散りまくってるから、〝お母さん〟とは真逆の〝メス〟ってな状態で、今はもうあなたとふたりきりで遊んでいたくて仕方がないっていうか」

「アハハ。ま、なんせ出会ったばかりだし、しばらくはふたりでいようよ」

――あぁ、人生の脚本家、神様ってばホントにスゴい。きっとこの会話を聞いていたのだろう。というか、あぁ、このセリフを私たちに言わせていたのも、神様か……。

籍を入れ、遂にセックスが解禁され、「夫婦だしね♡」と、お互い生まれてはじめてだった〝避妊しないセックス〟に燃え上がったオスとメスは、すぐに子供を授かった。それこそ、お互いの名前の入れ墨を彫るヒマもなく妊娠が発覚（当然、入れ墨は延期することにした・笑）。そのあまりのスピードにビックリしながらも、その運命に私たちは抱き合って喜んだ♡のにその直後、私は流産してしまった。か、神様……。もう、その喪失感たるや想像以上に大きなもので、「しばらくはふたりで」なんてもう、ふたりとも思えなくなった。私たちのそんな悲しみようも、神様は見ていたのだろう。妊娠したことで入れ墨と同じく延期していたふたりきりの結婚式を挙げにモルディブに飛び、帰ってきた頃には、妊娠検査薬がまた、ピンク色の陽性サインを出してくれた。

翌年、息子が無事に生まれてきてくれた。彼は、オスとメスでしかなかったような私たちを、一気にお父さんとお母さんにしてくれた。恋に溺れていた私のクレイジーな〝メス〟の部分は、母になったことで見事に中和され、いや、産後1年くらいはもうスッポリと包み込まれ、その豹変ぶりに夫がたじろぐくらいだった（俺が愛したあの超エロいド女はどこいった？的な・笑）。

（あぁ、あいつなら死んだ、と私は言い切ってどっぷりと息子に溺れた・爆）

母となった私の生活は180度ガラリと変わった。今までは昼夜逆転どころか昼過ぎに寝て夜起きるようなダラダラ執筆／合間にクラブな深夜型生活を送ってきたというのに、息子のリズムに合わせて早朝6時に起き、深夜0時になる前には疲れて寝てしまうという完全な超朝型に。

離乳食がはじまると、私はスーパーで売られている野菜の値段を初めて知った（恥）。料理も家事もいまだに超苦手だが、それでも息子に朝からみそ汁をつくっていたり、と完全にリニューアルされた私が今ここにいて、そんな姿には誰よりも私の女友達たちが驚いている（そのみそ汁、ちゃんと食べれるの？的な・苦笑）。

「あーヤダヤダ。日本の家庭って子供中心過ぎ！　それだからガキは居心地が良過ぎて、いつまでも大人になりたくない〝ピーターパン症候群〟になるんだよ」「ある程度、大人が中心で子供は脇役って位のほうが、子供の自立心掻き立てるからね」「てか、すっかり所帯染みた夫婦がうるせーガキに振り回されまくってる姿を見ると、ああはなりたくないと思っちゃうね」「だよねーマジムリ」なんてほざきあっていた私たち夫婦なのに、今や、私たちのすべては見事に息子を中心に回っている（笑）。

そして、仕事と育児の両立のハードさは凄まじく、所帯染みるなんてレベルを遥かに超えて、私たちは毎日バッタバタのボッサボサ（苦笑）。朝、息子を保育園に送りにいく夫の靴下は左が黒で右がグレー（私の家事能力は致命的にヤバい）。そして夕方、息子を迎えにいく私はドすっぴん（眉毛描くヒマがあれば一行でも多く書きたい。それっくらい時間がマジで足りないのだ）。そんな余裕もクソもない生活の中で、夫婦喧嘩は当然頻繁に勃発、爆発、怒って泣いて、謝り謝られ、許し許されて、の繰り返し……。あの朝感じたふたりの運命が、あの夜誓ったふたりの愛が、そのたびに試されているように感じている。

ふたりでひとりの人間を育ててゆくその密な関係は、あぁ、もぅ、時に、とってもしんどい。が、同時にその濃さが、たまらなくもある。だって、あの時ふたりで共に生きることを決意した、その実態が、まさかこんなにもハードなものだったなんて……。それを知ったことによって更に、あの時ふたりが誓い合ったことの〝重さ〟に、巨大なロマンを感じている。

私たちは、ひとりの男と女として出会い、互いの夫と妻になり、父と母にもなった。1歳8ヵ月になった息子は今日も、私たちの世界のど真ん中にムッチムチの太い足で仁王立ちし、「パパァママァ!!」と私たちの新しい名前を大きな声で連呼しながらヨダレをダラダラたらしている（萌）。

子を持つ持たないを含めて夫婦の数だけ〝幸せのカタチ〟があるものだから、『結婚とは――』に用意されたひとつの答えなんてこの世に存在しない。でもあえて、私たちのそれを答えるとしたら、『永遠への挑戦』だ。誓い合った時も、あれから3年が経った今も、私たちがふたりの関係に求めているものは何ひとつ変わらない。ただ、子供ができたことで私たちの関係は、今までの〝男と女論〟だけでは通用しない、新たな『シーズン2』に突入した。

パートナーとして文字通り二人三脚で、一日また一日と協力し合いながらなんとかお互いの仕事と育児を両立させることができている、今の大忙しな日々の中で、ふたりの絆がどんどん深くなってゆく、確かな手応えを感じてる。

あぁ、彼のすべてに、感謝してる。どうしようもないくらい、彼を愛してる。いつも、ありがと。子供が成人したら、イビサに踊りにいこうね、絶対ね。落ち着いたら、お互いの名前も彫りにいこうね、約束だよ。あ、でも、それはまたちょっと、先延ばしになるかもね。


――今、私のお腹の中には赤ちゃんがいる。妊娠7ヵ月(表紙の撮影をしたのは5ヵ月の時で、息子の2歳の誕生日ちょっと前に生まれる予定)。あぁ、母と娘の色んな意味でヤバい関係を書き綴っていた私を、お腹の中から見ていた娘は、どう思っているのだろうか。

そう、女の子。私に、娘ができる!

私に愛を教えてくれた、最愛の母に捧げようと思って書きはじめたこの本は、その過程で私のもとにやってきてくれたあなたに、ううん、オトナになった未来のあなたに、捧げることにした。

あなたを寂しくさせない程度に、

これからも私はあなたのパパを
ひとりの女として、愛し続ける。

「完」

幸せを叫ぶのは、ある意味、自分の不幸を語るよりも勇気がいる。他人の不幸は蜜の味。不幸な他人と比較することで、自分の幸せを実感できる瞬間を、悲しいけれど私たち人間は心のどこかで求めてしまうものなのかもしれない。なんかツイてない私だけど、あのヒトと比べたら恵まれているんだから感謝しなきゃって、そんなネガティブな方法をとってでも、私たちはポジティブな気持ちになりたいのかも。嫌なこともあるけど、それはみんな同じだからさって、私たちは安心したいのかも。

みんなよりマシでいたい欲と、みんなと同じでいたい欲。そんな欲と矛盾したカタチで、でも隣り合わせにある、同じだとは思わないでよ、私はみんなとは違うんだからって、どうしても思いたい、ワタシはワタシだ〝オリジナル欲〟。たいへんだよね、もうさ、色んな色んな、欲望が（笑）。

23歳でこの『おとこのつうしんぼ』の連載をはじめて7年。当時流行っていた、いわゆる〝恋愛マスターによるアドバイス的なモテ本〟ではなく、恋愛ってなんだろうねって悩みながら愛を求めて恋をする、ひとりの〝モテ枠〟から外れた20代女（私）による、胸にある葛藤をそのまんま綴ったような恋愛本がつくりたかった。自分が読みたいと思うような本をつくれば、たくさんの女の子たちが読んでくれると思った。

私の狙いは当たって、今作で4作目になる『おとこ』シリーズはヒットした。連載開始当初は、読者も影響力もゼロに等しいくらいだったから、なんだって書けた。私は23で怖いもの知らずだったし、とにかく自分のことを書きたくって仕方がないお年頃だった（笑）。私を見て！　私を分かって！　私を愛して！　自己顕示欲はそれこそマックス全開だった（苦笑）。

少しずつ連載の人気がでてきて自分の知名度も上がるにつれ、すっごく嬉しい反面、書くことがちょっぴり怖くなってきた。反響が大きくなった分、当然批判も増えたし、それ以上に自分や自分の周りについて書くことのリスク自体が高くなった。女友達に関しては本質的なリアリティだけはそのままに、設定もイニシャルもアレンジして書くことができたけど、自分と自分の彼のことは、そのまんま書く以外に方法がないのだ（それこそ知り合いみんな読んでるし、ちょっとでもカッコつけようもんなら、なにウソ書いてんのってことになる）。

ずっと書いてきた彼との別れは、私にいろんなことを考えさせた。『恋愛』が、自分にとっても読者の女の子たちにとっても、どんなに繊細なテーマだったのかを、改めて思い知らされた。もう、自分自身のノンフィクションを本にして残したくないと、その時は本気で思った。ずっと続けてきた連載も、1年間休むことにした。

前作から3年が経って、私はもうすぐこの本を、やっとの思いで書き終える。どんな風に書こうか考え抜いた結果、いろんな価値観を持つ女たちの角度からいろんな意見を盛り込むカタチをとっていた前作より、自分の身に起きたことを重点的に書くことにした。別れとは何か。結婚とは何か。答えのないそれらを深く突き詰めて書くには、やはり自分のこの胸をえぐるようにして奥の奥まで掘り下げて、そこにある言葉を探し出すしかなかったからだ。

ばんそうこうを貼ったまま放置してしまいたいような傷を、もう一度開くのはやっぱりとても痛くて苦しい作業だった。でも、それは本当の意味で別れを乗り越え、強くなるために、必要なことだったように思う。そして、あの時に得た幸せを言葉にすることも、思っていた以上に、大変だった。

不思議だった。それこそ23の私だったら、喜んで書きまくりたくなるような〝アツいネタ〟ばかりなのに、本当に幸せな時は、それをあえて叫びたい衝動にはかられないものなのだと知った。既に、満たされているからだ。

だからだ、と思った。ずっとヘンだと思っていたひとつの結婚に関する謎が解けた気がした。大人たちはみんな、当然の結果のような顔して結婚しているのに、結婚をして幸せだという話はあまり耳に入ってこなかった。それどころか、結婚がいかに苦しく、過酷で、人生の墓場であるという話ばかりが、独身の私を狙っているかのようにどこにいっても追いかけてきた。「いやいやそれはあんたの場合だけでしょ」と、逃げても逃げても、自分の不幸で私の未来の夢まで壊そうとしているおっさんたちが、「結婚なんて最低やで」とどこまでも迫ってくるような感じだった（友人の結婚式のスピーチで〝忍耐〟について延々と説くどっかの社長のおっさんとか、ね)。

それが、私が自分の結婚について語りはじめた頃になって突然、信じられないくらいハッピーな結婚話が私の元に集まってきたのだった。「実は、私も結婚して10年経つ今でも、こんなにも幸せで」などと、まるで悩み事を相談するかのような小さな声で、結婚についての企画で私を取材中のライターさんが、こっそりと教えてくれたりした。なんか、くすぐったくて嬉しくなった。それはその時、私も幸せだったからということではない。もし、どん底に落ち込んでいた時に聞いたとしたら、もっと嬉しくなったかもしれない。

現実に絶望している時に聞きたいのは、希望がもてる真実の話、それだけだから。


現実は、小説より奇なり。小説として書いたら「リアリティがまるでない」と編集者NGがでてしまいそうなことが、バンバン起きてしまうのが現実だ。それに私は、昔からノンフィクションが好きなのだ。子供の頃に母が何百冊と読んでくれた絵本の中で一番のお気に入りだったのは、谷川俊太郎作『よるのびょういん』。白黒の写真で構成されたドキュメンタリータッチの本の中にある、病院独特のツンとしたアルコール臭まで漂ってきそうなリアリティに、何よりもドキドキさせられた。

「遠慮なく書きたいことを書いてほしい」と言ってくれた元カレに背中を押してもらって、今回、私は腹をくくった。ありがとう。

私は、この連載と共に20代を生きた。今書いているこの文章が一冊の本となり、本屋さんに並ぶ頃には、私は30歳になっている。この本は、25歳の時に『おとこのつうしんぼ』で書籍デビューした私の14作目の本で、私の20代、最後の作品。

そして、「俺のイイトコだけを書いて作品がつまらなくなるのだけは許せないから、俺のイヤなトコもいっぱい書いて、おもしろいもん書けよ！」と私の担当編集者ヅラして厳しく言ってくる夫を得られたことは、私の作家人生最大の幸福だ。ということで、彼のイヤなトコ満載になる予定の（？）波瀾万丈な『シーズン2』も、お楽しみに（笑）。

担当編集者でグラマラス編集部の飛ちゃん、どっからどう見ても7コ上に見えないけれど、やはりその分、経験豊富なオトナの女性で、だからこそのスパッと短く的確なアドバイス、本当にありがたかった。色々とありがとう！　カメラマンの彦坂栄治君、ヘア&メイクのせっちゃん、スタイリストの斉藤くみちゃん、撮影中もずっとニンプな私に気を使ってくれて、ありがとう。そのプロフェッショナルな腕と優しいハート、最高よ。〝おとこの左手、薬指部分〟の手タレとして（？）写真に入ってくれたダリンも、ありがっと。

保育園にすっかり馴染んで、仕事に向かう私に毎朝バイバイって笑顔で手を振ってくれる瑞生くん、そんなあなたに私がどんなに救われていることか。寂しい時もあったかも。ごめんね、そしてありがとね。お腹の中の、華花ちゃん。妊娠後期まで一緒にハードな締め切り月間、乗り越えてくれてありがと。

そして誰より、最後まで読んでくださったあなたに、心の底からの、お礼を。ありがとう。

どうも、ありがとう。

永遠を誓った、3年後の夜に

LiLy 2011・10・22

おとこの左《ひだり》手《て》、薬《くすり》指《ゆび》
女《おんな》30、ロマンと現《げん》実《じつ》、恋《れん》愛《あい》結《けつ》婚《こん》

2011年11月28日　第1刷発行
2011年12月22日　第2刷発行

著者　LiLy《リリー》

発行者　持田克己

発行所　株式会社 講談社
〒112-8001
東京都文京区音羽2-12-21
電話 03-5395-3971（編集）
03-5395-3606（販売）
03-5395-3615（業務）

装丁デザイン　橘田浩志（attik）
撮影　彦坂英治（まきうらオフィス）
スタイリング　斉藤くみ（SIGNO）
ヘア＆メイク　SETSUKO
編集　飛谷朋見

印刷所　凸版印刷株式会社

製本所　株式会社フォーネット社

落丁本・乱丁本は購入書店名を明記のうえ、小社業務部宛にお送りください。
送料小社負担にてお取り替えいたします。
なお、この本についてのお問い合わせは『GLAMOROUS』編集部宛にお願いいたします。

定価はカバーに表示してあります。

ISBN978-4-06-217335-3